KB269496

나는 에덴으로 돌아가련다.

장현섭 지음

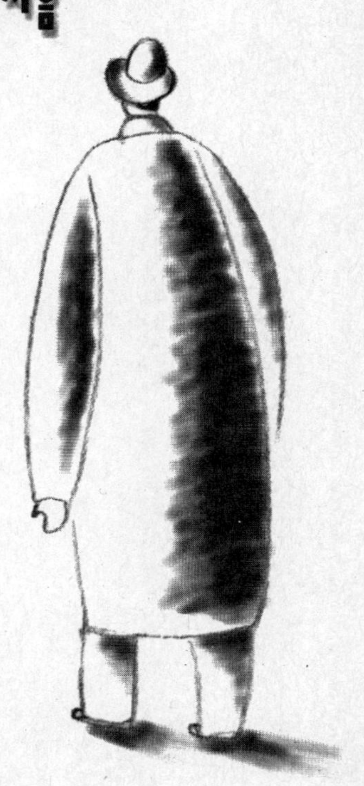

징검다리

아직도 멀었어

　혼한 봄날이 휑하니 지나가는 어느 날(요즘은 봄이 짧아서) 아침, 텁수그레한 모습에 쪼그만 배낭을 메고 사무실 문을 들어선 사람이 있었다. 장 군이었다.

　"회장님, 약주 한 잔 하시지요."

　"좋지 어데 갈려고?"

　'아침 10신데 이 친구가 미쳤나?' 내심 놀라면서도 흔치 않은 일이었기에 뭔진 몰라도 심상치 않은 일이 있나 싶어 함께 사무실을 나섰다. 중국집에 들어가 소주를 나누면서도 짐짓 망설이는 표정이었다. 궁금증은 더해갔지만 조금 기다리기로 했다. 조용히 잔만 오르내리고 있는데 대뜸 한다는 소리가 산 이야기였다. 그 동안 많은 산을 함께 다녔어도 도무지 이해가 안 되는 부분이 있다 싶었는데 시에 대한 이야기가 나왔다.

　"아직은 멀었다. 더 공부해라."

　이 친구가 시를 쓸 정도는 아니다 싶어 말했는데(한번도 그런 냄새를 풍기지 않았으니까) 한 권의 책을 만든다니 선배로서 너무나 깊은 감명을 받았다. 그의 책을 읽는 사람들은 어떤 모습에 감명을 받을지 알 수 없지만 나는 장 군에 대해 높이 평가하고 싶다. 걷고 보는 한계를 넘어 표현하는 차원에서의 산행을 해왔다는 데 대해 산을 오르내리는 선배로서 너무나 고맙고 아끼고 싶다. 내친 김에 이번 책으로 끝내지 말고 앞으로도 시원시원한 산시를 더욱 많이 보여주길 당부하고 싶다.

양천 산악회 회장 **원 구 희**

산처럼 좋은 친구는 없소이다

산, 산을 오르는 데는 여러 가지 동기와 목적이 있다.

종교적 훈련으로서의 산행이 있고 수렵이나 동식물 채집, 지질조사, 광물 채취를 위한 산행이 있으며 단순히 관광이나 자연을 즐기려는 정서적 목적으로 산에 오르기도 한다. 또한 정신적·육체적 고행을 통한 심신의 단련을 목적으로 등산하거나 예술의 소재를 구하기 위해 산에 오르기도 한다.

그러나 이 모든 것이 다 등산이라고 할 수는 없다. 바람직한 등산이란 삶에 닥친 어떠한 어려움도 극복할 수 있는 체력을 단련하고, 변화하는 환경 속에서 창의적이고 유능한 지성을 발휘하며 잘 적응할 수 있도록 해주는 데 있다. 아울러 서로 협동하는 마음과 자연수호의 정신으로 즐길 수 있는 스포츠로서의 등산이야말로 근대적인 등산의 참뜻이라고 할 수 있다.

그러기에 가족과 연인과 친구들과 산을 익히고 산을 통한 화합의 기회를 갖는 것은 대단히 현명한 일이다. 그러나 사람들은 시간적으로 여유가 있을 때마다 "어디 가서 뭘 할까"라는 고민 아닌 고민을 하곤 한다. 나름대로의 좋은 계획과 습관이 있다면 고민할 일은 아니라고 생각되지만 그렇지 않다면 나는 단연 산행을 권하고 싶다. 우선 가까운 구릉도 좋고, 좀 떨어진 야산도 좋고, 직장이나 지역 산악회와 함께 하는 정기 산행도 좋을 것이다. 시간의 여유가 있을 때마다 배낭을 메고 집을 나서 인근의 유명·무명의 봉우리를 밟는 것을 습관화하면 우선 건강을 지키는 데 도움이 될 것이다. 맑은 공기와 아름다운 자연의 풍경에 취해 있다 보면 항상 즐거운 마음을 가질 수 있고 매사에 긍정적이고 발전적인 사고방식이 저절로 생겨 어떤 일을 하든지 자신감이 생길 것이다.

다들 아는 사실이지만 산에 오르다보면 모르는 사람끼리라도 콩 한 조각이라도 나눠 먹는 정이 쌓이게 되고, 어느새 호형호제하는 끈끈한 정이 자연스러운 분위기를 만든다. 한 번 마음먹고 가까운 북한산이나 도봉산, 수락산 등을 올라가 보자. 함께 등산하는 동안 직장 선후배와 동료지간에는 산처럼 넉넉한 우정이 쌓일 것이다. 하산길에 나눠 마시는 걸죽한 막걸리로 쌓는 정 또한 말로 표현할 수 없을 만큼 진국일 것이다.

산은 언제나 말이 없다. 그러나 산에는 넉넉한 우정이 있고 소박한 사랑이 있다. 산은 우리에게 침묵의 의미를 깨우쳐주고 참을성과 참된 용기를 갖게 해준다. 무한한 생명이 움틀거리는 자연, 산은 바로 그런 곳이다.

산에서 만난 모든 사람들을 나는 산친구라 말한다. 투박하지만 따뜻한 마음을 지닌 산친구가 쓴 ≪그리운 사람을 찾아 떠나는 길≫에는 산을 사랑하는 사람의 마음이 짙게 깔려 있다. 소박하지만 아름다운 풍경을 지닌 산처럼……

▲원융희
현재 용인대학교 경영대학 관광경영학 교수로 재직 중이며, <호텔 경영론>, <외식산업론>, <인간과 심리> 등을 강의하고 있다. 저서로 ≪꺼리여행1·2≫, ≪진솔한 삶을 살아가는 지혜≫ 등이 있다.

할 수 있었던 말

처음엔 가정이 문제가 아니었다. 틈만 있으면, 시간이 조금이라도 허락하면, 산으로 튀던 때가 한참이나 되었다. 그 동안 나에게 산에 대해서만큼은 교과서 같은 가르침을 주신 두 분이 있다. 혼자 떠돌아다니던 나에게 단체의 안내자가 되도록 이끌어 주신 '고 이규호' 선배님과 그 후 백두대간 종주를 안내해 주신 한맥 산악회 등반 대장이신 이도행 선배님이다. 이도행 선배는 지금도 백두대간을 이끌어 가시지만 두 분의 공통점은 답답하거나 무언가 잘 되지 않는다 싶으면 하는 말이 있다.

"가는 거야, 가면 돼."

그 이상 다른 말이 필요가 없었다. 주말이나 연휴 때가 되면 어김없이 숙박 산행이요, 차박(새벽 산행) 산행이니 집에선 문제가 아닐 수 없었다. 주말이면 제일 먼저 집사람이 악악대고 부모님과 아이들까지 어디 가지 말고 집에 좀 있으라고 난리였다.

아이들이 어렸을 땐 그런대로 빠져나갈 수가 있었지만 아이들이 자라면서 큰놈부터 동행이 되더니 어느 새 집안 식구가 모두 같이 산과 계곡으로 다니게 되었다. 혼자 다니다 이처럼 꽁지가 잡혀 꼼짝 못하게 되자 어쩔 수 없이 같은 마을 선후배끼리 가족 산행을 하게 되었다.

산에 대한 끊임없는 유혹, 한 집안의 가장으로서 못다한 일들이 이 한 권의 책으로 남는다 하니 그나마 나에게는 위안이 되지만 다시 돌이켜볼 때 집사람을 비롯한 온 가족에겐 지난날 모든 것을 보상하지 못한 죄가 남아 있다.

　그 동안 산은 나에게 수많은 가르침을 주었고 앞으로도 산행이 지속되는 한 더 많은 것을 가르쳐 주리라 믿는다.
　아울러 졸작을 한 권의 책으로 만들어 주신 등불 출판사 최순철 사장님과 직원들께 깊이 감사드리고 싶고 무정한 남편인 나의 많은 것을 감싸준 아내와 가족에게 이 책을 전하고 싶다.

산이 그리운 날 **장 현 섭**

제1부

●

백두대간을 회상하며

자랑스런 우리 산하 —————————————— 23
백두대간을 회상하며 —————————————— 24
구룡령에서 진고개까지 ————————————— 26
대간의 길목에서 ————————————————— 30
텐트와 밤비 ——————————————————— 32
텐트 속의 공상 ————————————————— 33
비 ———————————————————————————— 34
이슬비와 산 ——————————————————— 35
담배 ——————————————————————————— 36
내 턱 ————————————————————————— 37
꿈 1 ————————————————————————— 38
꿈 2 ————————————————————————— 39
생각 ——————————————————————————— 40
잠자는 선녀 ——————————————————— 41
여인 1 ———————————————————————— 42
여인 2 ———————————————————————— 43
산의 연인 1 —————————————————— 44
산의 연인 2 —————————————————— 45
진달래꽃 ————————————————————— 46
우이동 ————————————————————————— 47
문수봉에 걸친 달빛 ————————————— 48
미천골 ————————————————————————— 49
미산계곡의 두 얼굴 ————————————— 50
낙엽 1 ———————————————————————— 52
낙엽 2 ———————————————————————— 54
낙엽 3 ———————————————————————— 56
낙엽 4 ———————————————————————— 57

제2부
●
아름답도다 우리 강산

명지산의 봄 ——— 61
강화 마리산 ——— 62
고루포기산 ——— 63
대관령에서 닭목재까지 ——— 64
도마리계곡 ——— 66
두리봉 ——— 68
석병산 ——— 69
자병산 ——— 70
대화실산 방화선길 ——— 71
생계령 분지 ——— 72
원방재 ——— 73
상월산 ——— 74
복두봉 ——— 76
구봉산 ——— 77
운장산 운무 ——— 78
아막산성 철쭉 1 ——— 79
아막산성 철쭉 2 ——— 80
아막산성 철쭉 3 ——— 81
신선봉 ——— 82
구름산 능선이 보이는 곳에서 ——— 83
술취한 십이탕 ——— 84
능선 따라 가는 길 ——— 86
적상산에 올라 ——— 91
아리송 산악회 ——— 92
아리송 산악회 설립 모임 등반 ——— 93

제3부
●
그곳에 산이 있기에 나는 간다

산으로 가면 —————————————————— 97
배낭을 메고 —————————————————— 98
피와 뼈와 비 —————————————————— 99
이놈들아 —————————————————— 100
세월의 음식 —————————————————— 101
산 가족 —————————————————— 102
결혼 소식 —————————————————— 106
엄청난 사람들 —————————————————— 107
산에 가지 못한 어느 휴일 오후 —————————— 108
왤까? —————————————————— 110
이제 그만 —————————————————— 111
핑계 —————————————————— 112
당신은 맨날 —————————————————— 113
언젠가는 —————————————————— 114
아빠 —————————————————— 115
술꾼 —————————————————— 116
술잔 —————————————————— 118
산행이 끝난 후에 —————————————————— 119
모기 —————————————————— 120
차박등산의 즐거움 —————————————————— 122
어느 방랑자의 이야기 —————————————————— 124
부부가 뭐길래 —————————————————— 136
산이 뭐길래 —————————————————— 137
풍경 1 —————————————————— 138
풍경 2 —————————————————— 139
풍경 3 —————————————————— 140

제4부
●
태백에서 소백산 국망봉까지

25시에 이동한다 —————————————— 145
계방산 구걸 산행 ————————————— 153
원효봉 암릉 종주 ————————————— 157
초보자의 무모한 겨울 산행 ——————— 161
태백에서 소백산 국망봉까지 ——————— 169
두류산에서 치른 땅벌과의 싸움 ————— 176
꼴불견 산행 ——————————————— 180

●
일러두기
▶본문 중 지명에 대한 설명은 필자가 붙인 것입니다.
▶본문의 지도에서 굵은 선은 주요 능선을 나타내며 가는 선은
도로의 표시입니다. 지명은 각 본문의 내용에 해당하는 부분만을
발췌하여 표시하였습니다.

제1부
●
백두대간을 회상하며

자랑스런 우리 산하

우리 모두가 사랑할 수 있지만
네가 나를 사랑할 수 있을까?
난 너를 사랑할 수 있을까?
아니야 우리 모두 사랑하고
서로 아껴 주면
우린 행복할 수 있을 거야.
서로 사랑하고
서로 아껴 주고 감싸준다면
너무너무 아름다울 거야.
추위와 고독으로
간밤을 뜬눈으로 지샌 뒤
까칠한 눈망울로
서로를 바라볼 때
우리는 서로 사랑함을 알 수 있을 거야.
초롱초롱한 눈빛으로
우리 함께 걸어온 백두대간을
서로 함께 바라볼 때
우린 처음 만날 때처럼
다시 한 번 올 것이라며
먼 산을 바라보며
아낌없이 사랑할 거야.

백두대간을 회상하며

다른 사람의
삶의 현장을
훔쳐본 것처럼
아름다운
조국 산하의
등줄기
백두대간을
생각해 본다.

나는
작은 미물
넘나들던 산허리며
능선길,
계곡을
걸어가 본다.

아무 꾸밈없이
사계절을
보여준 산하
오늘이 아니더라도
나는
다시 가 보련다.

백두대간의

아름다움을
온몸으로 느끼면서
내 조국 산하에
도취되어
나는
다시 찾아가 보련다.

▲백두대간
한반도의 뼈대를 이루는 산줄기를 이르는 말. 백두산에서 남으로 맥을 뻗어 낭
림산·금강산·설악산·오대산을 거쳐 태백산에 이른 뒤 다시 남서쪽으로 소
백산·월악산·속리산·덕유산을 거쳐 지리산에 이르는 한국 산의 큰 줄기를
망라한 산맥이다. 즉 한반도 산계의 주심이며, 국토를 상징하는 산줄기로서 함
경도·평안도·강원도·경상도·충청도·전라도 등에 걸쳐 있다.

구룡령에서 진고개까지

북적대며 자리에 앉더니
애꿎은 두꺼비 배꼽만 따고
배를 가른 두꺼비
좁은 통로 사이로 굴러다닌다

왁자하던 소리는 커져만 가고
두 살 박이 두꺼비는 늘어만 간다
하나
둘
셋

조용히 차창 밖을 쳐다보면서
입에 문 담배 끝이 반짝거린다
모두가 잠들고자 눈감은 시간
선반 위의 배낭이 행여나 떨어질까
주먹으로 툭툭 질러 넣는다

배부른 휴게소를 지나갈 적에
쉴 곳 없는 우리는 아쉬워한다
은두령 고갯길을 넘어갈 때에
눈발이 간간이 내려앉는다

울퉁불퉁 털거덩 비포장 길은
무상 속에 헤매는 모든 이를

현실로 바꾸어 놓는다
도로가 왜 이렇지요
비포장이니까 그런 거야

어둠 속에 차디찬 눈발은
모든 이의 옷깃을 여미게 한다
막 끓여 낸 라면 맛은
깔깔한 혀끝을 살며시 녹여 놓는다

보이지도 않는 계곡을 들여다보면
옆에 선 포크 레인이 무섭게 보인다
마구잡이로 파헤친 산허리에는
눈을 안고 불어 대는 차디찬 갈바람이
구룡령을 휑하니 넘어서 간다

생각지도 않던 능선길을
바람에 굴러가듯 산에 오른다
세차게 불어오는 찬바람이
하얀 눈을 감싸고 등을 밀어 준다

산죽잎 소리가 요란스레 수선을 떨 때
구룡령 고개가 멀어져 간다
까만 밤은 바람을 타고 지나갈 때
소복이 눈 쌓인 길을 걸어서 간다

주위를 밝혀 주던 랜턴 불빛이 가물거릴 때
여명은 바람 타고 온 세상을 살며시 밝혀 준다
소리소리 지르던 바람소리는
삭정이 아픈 가슴 울려 주더니

아늑한 쉼터에서 멎어 버린다

눈앞에 보이는 모든 산하가
하얀 옷을 입고서 나를 반긴다

빨간 산수유 열매가 예쁘게 보일 때
환호성과 함께 입맛을 다신다
새콤한 것
입안이 빨갛게 물든다
방풍복 주머니가 불룩하도록
주머니 가득히 채웠을 때에
앞서간 일행이 보이지 않고
신배령 능선이 멀어져 갈 때
못 따온 산수유가 그리워진다

설화가 예뻐서 추억 하나 만들고
옷 젖기 싫어서 앉지 못하고 가던 길
나마저 재촉을 한다
시장기가 머릿속에 맴돌 때에는
먹고 버린 사과 속이 눈에 선하다

두로봉 정상에서 뒤돌아보니
응복산 꼭대기가 가물거린다
다리 아픈 환자는 종착지 찾고
속모르는 안내자는 재촉만 한다

배꼽 빠진 두꺼비는 잔을 채우고
가득찬 술잔은 입술 적시고
쌉쌀한 입맛에 캬! 하는 소리

차가운 하얀 밥은 으스스하고
캬! 소리 두세 번에 몸이 녹는다

다리 아픈 환자를 옆에다 두고
업고 갑시다
걸려 갑시다
질러 갑시다
바로 내려갑시다
올라가지요

진고개가 보이는 동대산에서
남은 거리 시간 계산해 가면서
남겨 놓은 음식을 풀어헤친다
노란 감, 빨간 사과, 초콜릿, 건빵, 식빵
잔 없는 팩 소주가 입맛 돋굴 때
쓸데없이 빈 배낭을 뒤적거린다

잎 푸른 당귀 밭을 지나갈 때엔
아득했던 산행 길이 마감을 하고
몇 년 사이 변해 버린 진고개에는
지난날 야영 자리 찾을 길 없네
▲1992년 10월 25일

대간의 길목에서

짙은 안개와 암흑 속에 잠긴 진고개에서 차가 멈춘다.
적막을 깨고 한참이나 소란스럽다.
어쩌다 지나는 차량 소음은 못다한 소리에 맞장구 치듯
부——우 ㅇ
하고 고개 넘어 멀리멀리 사라져 간다.
별빛마저 감춰 버린 진고개는 지난날의 산꾼들을
그리워하며 새로운 산꾼들을 반가이 맞는다.
밭고랑을 따라서 산길에 들어서니 헉헉대던 숨소리는
더욱 거칠어지고 땀방울은 송알송알 뺨을 적시고
옷자락은 안개비에 젖어 버린다.
헬기장에 올라서니 대간의 등성이가 보일듯 말듯
안개 속을 비집고 자랑을 한다.
황병산의 불빛은 항구의 모습처럼 포근함을 안겨 주고
안개는 운무 되어 머물다 간다.
무수한 별빛 아래 노인봉에서
황병산을 물끄러미 쳐다만 본다.
잡목 속을 헤치며 나아갈 때는 죄 없는 두뺨이 애처롭구나.
배낭 속의 수통을 꺼내기 싫어 낙엽 위에 소복이 쌓인 눈을
두 손으로 꼭꼭 말아 가지고 한입에 톡하니 털어서 넣고
지난 여름 더운 날을 생각해 본다.
한껏 부푼 기대감은 사정없이 깎아 내린 삼양목장 목초지가
못내 아쉽고 그나마 안개는 장막을 친다.
눈앞에 펼쳐지는 삼양목장은 처음이 어디인가 끝이 어덴가.
가슴을 활짝 펴고 날고 싶고 풀밭으로 한바탕 구르고 싶고

초록빛이 감도는 계절이 올 때

미련 없이 다시 한 번 오고 싶구나.

온 세상 모든 것을 덮어두고서 이곳에 둥지 틀고 살아간다

면 신선이 부러워 시샘하겠네. 멋쩍은 발길을 내려딛을 땐

잊어버린 길을 찾아 헤매는구나. 바다가 보이는 전망대에는

안개가 걷힐 때마다 동해 푸른 물이 손에 잡힐 듯 백사장을

향하여 뛰고 싶구나. 넓기도 하지. 고지대의 넓은 들.

동해 바다 푸른 물.

나는 한점 미물이 되어 조금씩 조금씩 움직여 간다.

안개 속에 헤매는 선자령길은

두엄 냄새 향기롭게 코를 찌른다.

꾸불꾸불 지나온 길 멀기도 하지.

장장 네 시간을 지나왔건만 초지대는 아직도 멀기만 하다.

잡목이 앞을 가린 등성이에 개 짖는 소리가 잡념을 깬다.

꽹과리 징소리 넋을 달래듯 세속에 헐은 옷을 벗어 버리고

백두대간 산신을 모시려 하네.

휘적휘적 도착한 대관령에서 먹다 남긴 소주가 나를 반기고

희희낙락 웃음 속에 차에 오른다.

▲강원도 평창군 진고개부터 노인봉→황병산→곤신봉→선자령→대관령으로 이
어지는 능선길. 12시간 가량 소요되는 등반길이므로 초행자일 경우 횡계리 삼
양목장에서 허락을 받은 후 선자령 전망대까지 올라가 목장의 크기를 관람하
는 것도 좋다. 영동고속도로 횡계 휴게소에서 용평 스키장 쪽으로 가다가 횡계
교 50m 직전에서 좌회전하여 진입하면 삼양목장 정문이 나온다. 선자령 전망
대까지 차량 진입이 가능하며 전망대에서는 강릉 시가지와 동해 바다가 손에
잡힐 듯 가깝게 느껴진다.

텐트와 밤비

후드득거리는 소리에
헝겊 한 장 사이 밖으로 귀를 기울인다.
뜨고 싶은 눈을 감은 채
텐트 주위를 맴돌다 멈춰 버린다.
시간이 멈추었나
비가 안 오나
눈을 뜨고 천장을 바라본다.
일어나려 해도 몸은
움직여지지가 않는다.
후드득거리는 소리가
마음에 걸린다.
얼마나 오려나 위험하지 않을까
헝겊 한 장 사이 바깥이 궁금하여
지퍼를 내리고 실눈을 뜬 채
밖을 내다본다.

▲1985년 8월 15일 진고개에서

텐트 속의 공상

비좁은 텐트 안에서
하늘을 본다.
힘들었던 하루를 생각하며
무거운 다리를 쉬게 한다.
어두운 밤
귓가에 들리는 풀벌레 소리
길고 짧은 여운이 생기고
두 눈이 스르르 감기며
마음은 내일을 향하여
끝없는 날개를 편다.
▲1985년 8월 진고개에서 야영할 때

비

갈 길은 먼데 비가 내린다.
물동이를 쏟았는지
억수로 퍼부어 댄다.
뇌성은 웬일인가
겁에 질려
낮은 곳으로
발길을 더듬는다.
산길을 감추어 버린
빗줄기는
어느 새
온 산하를 쓸어 갈 듯
기세가 등등하다.

▲1985년 8월 15일 진고개에서
▲진고개
강원도 평창군 도암면에 있는 고개로서 동쪽으로 이 고개를 넘으면 청학동 소금강이 나오며 연곡 해수욕장과 바로 맞닿는 길이 나온다. 안개가 심하며 87년 이전만 해도 이 고개에서 야영을 해야 노인봉을 거쳐 청학동 소금강으로 넘어갈 수가 있었다.

이슬비와 산

이슬비가 내리더니
산 안개가 피어오른다.
옷깃을 적시지 않으려
우장을 걸치지만
몸과 마음은 이슬비에
촉촉이 젖어 버린다.

흠뻑 적셔 버렸으면 좋으련만
뿜어 대는 열기에
답답함을 느낀다.

발길을 멈추고
우장을 벗고
지나는 바람을 붙들어
시원하게 안아 본다.

아——
이슬비 오는 산중에서
이처럼 시원함을
맛보기가
어찌 쉬운 일인가

▲노인봉
오대산 국립공원 내에 있는 산이며 높이 1,338.1m이다. 산행 기점은 진고개→
헬기장→노인봉→노인봉산장→낙영폭포→광폭→만물상→식당암→청학산장→무
릉계→관리사무소가 무난하다. 산행 소요시간은 7시간 정도이다.

담배

덜컹대며 달리는
기차 안에서
지루함을 달래려
담배를 입에 문다.
승차 칸을 빠져 나와
화장실 문을 슬며시 밀다가
자리 잡은 손님이 있어
승강 칸으로 가면
끽연가들의
퍽퍽 뿜어 대는
연기 속에는
사연을 실었는지
꿈을 실었는지
기차는
아랑곳하지 않고 거침없이
제 갈 길만 열심히 간다.
문틈 사이로
빠져 나가는 연기에는
끽연가의 꿈과
낭만이 담겨 있지만
기차는
꿈을 싣고
낭만을 싣고
부지런히 달려만 간다.

내 턱

가쁜 숨은
내 턱을
쉴 사이 없이
끌어 당겼지만
흔하디 흔한
언덕 위의
숱한 바람은
내 턱을
날려 보내지 못하고
포기했단다.

꿈 1

편안하다고
느껴지는 자리에서
세상에서
제일 좋은 시간에
자리를 잡고
털썩 주저앉았다.
빈 공간을
채워도 좋지만
우선
누워 버리고 싶었다.
어느 누구 하나
탓하지 않으리라
새로운 삶이
언제나 새롭게
나를 반기듯
나는
하얀 꿈을 꾸며
살아가리라.

꿈 2

긴 숨을 토해 내며
입가엔
하얀 소금기를
머금은 지 오래
무척이나
달려온 산이었다.
또 다른 산이
나를 기다리듯
나는
다음 산을 향하여
기다림이 없는 곳으로
한없이 날개짓을 한다.

생각

새로운
발걸음은
나에게
꿈을 주었다.

저
높은 산을 오르려
가슴 속 깊이
꿈을 가졌다.

오늘
그 산을 오르며
생각한 것은 아무것도
없었다.

정상에 서 있을 때도
역시
아무것도
생각한 것이 없었다.

단지
높은 곳에서
낮은 곳을 바라본다는
사실 외에는.

잠자는 선녀

악다구니 해대는 여편네와 비교나 될까?
사랑스런 아내의 모습보다
잠자는 선녀의 모습을
볼 수 있는 아름다운 곳이 있다.
덕소에 가면
언제라도 만날 수 있는
잠자는 여인이 있다.
선녀봉!
덕소에서 월문으로 가다 보면
긴 머리 늘여 놓고
편안하게 누워 잠자고 있는
선녀를 만날 수 있다.

▲선녀봉
경기도 남양주군 덕소에서 월문(마석) 쪽으로 가다 보면 오른쪽에 있는 산.

여인 1

덕소에 가면
포근한 마음으로
만나 주는 여인이 있다.

덕소에 가면
한마디 말도 없이
반겨 주는 여인이 있다.

항시
한자리에 머무르며
깊은 잠에 취하여
누워 있는 여인.

그 여인은
눈이 오나
비가 오나
항시 나를 반긴다.

여인 2

신의 조화일까
움직이지도
일어서지도 않는 여인
그녀는 누구일까.

왜 저곳에 홀로
누워 지내며 나를 반길까
여인이여
어서 일어나 이 들녘에
내려와 보소서.

당신은
누구시기에
홀로 그곳에 누워
나를 반기시나요.

산의 연인 1
—암벽(巖壁) 등반

하얀 살결이 그리워
못내 그리워
한 주일을 참다가
이른 아침부터
집을 나섰네.

따스한 아침 햇살이
그니를 감쌀 때쯤
나는
그니의 발아래
멈추어 섰다네.

생각보다는
차가운 몸매에
몹시도 냉정하고
쌀쌀한
모습이었다네.

오늘은
매정한 그니의 모습에
그만 주눅이 들어
난 그저 바라볼 뿐이라네.

산의 연인 2

차디찬 가슴에
머리를 수없이 묻어 대고
양볼을 수없이 비벼 대며
사랑한다는 말은
한마디도 안하고
때론 우직스럽게
때론 가볍게
애무해 가며
쉴 틈도 없이 손발을
놀려대곤
정복했다고

건방진 놈.
야무진 놈.
너
내 몸에 허락 없이
손대것다.
너
내 몸에 허락 없이
발 디밀어것다.
괘씸한 놈.
버르장머리 없는 놈.
그래도 네 놈은
나 때문에 다시 올 거다.

진달래꽃

우이암 능선 아래
곳곳에 피어
온 산을 장식한
붉은 진달래.

어제 내린 빗방울에
눈물 머금었나
꽃잎에 반짝이는
붉은 진달래.

행여나
님 입술가에
촉촉한 기다림일까
붉은 진달래.

꽃망울에 피어난
능선의 기다림은
언제까지일런가
붉은 진달래.

▲1996년 5월 2일
▲우이암
우이동에서 도봉산 쪽으로 40분 가량 오르다 보면 인수봉처럼 나타나는 바위
의 이름. 높이 543m.

우이동

동녘이
밝아 올 때부터
꾸역꾸역 모여든다.
사람
차량
온종일
그 넓은 도로가
가득 채워지도록
사람도
차량도
꾸역꾸역 모여든다.

우이동
주차장부터
메워진 길은
6번 버스 종점을 지나
도선사 주차장을
지날 때까지
사람도
차량도
정신없이
흩어졌다간 모여든다.

문수봉에 걸친 달빛

여기
북한산성 대남문
자정이 훨씬 넘은 지금
산성 담벽 위에 걸터앉아
문수봉을 자리 삼아
쉬고 있는 달빛을 본다.
차가운 밤바람을 피하기 위해
옷깃을 여미니
달빛은
냉큼 일어나
건너편 보현봉 기슭에
기다란 그림자만 남기고
달아나 버렸다.

▲1994년 11월 4일
▲문수봉
북한산 남쪽에 있는 산(720m). 정상은 바위로 되어 있고 20여 미터 아래 문수
사가 있다.

미천골

험하디 험한 두룡령 넘어
질펀한 옥수수밭이 산비탈을 메운 곳
형님뻘인 갈천
그 아래 양양까지 뻗쳐 흐른 미천골
옥수가 흐른다 하니 너 나 할 것 없이
계곡을 메워 버린 피서 인파
곳곳에 쓰레기
공사하다가 중단된 비포장도로
무엇 하나 썩 하니 맘에 없더니
해질 무렵 쏟아지는 폭우에
그 많던 인적은 자리도 꾸리지 못하고
어디로 갔는가
쓰레기는 폭우에 끌리어
골로 골로 곤두박질해 버리고
이름 없는 폭포가 수없이 생겨
차창 밖은 잠시 장관을 이룬다.

▲두룡령
강원도 홍천내면에서 양양군으로 넘어가는 험한 고개.

미산계곡의 두 얼굴

하나
계곡의 수려함과
때묻지 아니한 물 때문에
수많은 사람들이 모여들었다.
틈만 보이면 자리만 있다면
곳곳에 염치없이 세워 놓은
무질서한 차량들.
비포장 길을 마다하고
밀려들던 차량과 인파는
외골길을 메워
인산인곡을 이루었고
그만큼이나 찌꺼기는
구석구석에 쌓여만 갔다.

둘

비가 내렸다.
수분만에 폭우가 되어
계곡 물은 흙빛으로 변해 버리고
흥청거리던 사람들은 갈팡질팡
보따리 챙기랴 일행 찾으랴
일대 보기 민망한
혼란이 일어나면서
그릇이 떠내려간다.
텐트가 떠내려간다.
급기야 한대의 차량이
물에 잠기더니
울부짖으며
아우성치는 소리가
계곡 탁류 속으로
묻혀 버렸다.

▲미산계곡
강원도 인제군 상남에서 계방천까지 이어진 계곡을 말한다. 일명 내린천계곡이
라고 하며 피서철이면 사람들이 많이 찾는 계곡이다. 계곡 입구에서 입장료를
징수하며 우천시 안전지대로 대피하거나 완전 철수하는 것이 좋다.

낙엽 1

지리산 돼지평전에서
피아골로 가는 길
갈참나무 낙엽이
무수히 떨어지는
모습을
뒤돌아 보라.

모진 바람에
모든 허물을
벗어버리듯
나무는 신명나게
살 것을
떼어 내고 있다.

바람이 떼어 간 살결
계절이 떼어 간 피붙이며
무엇 하나
남길 것이 없었다.

푸르던 젊은 여름이
지나간 뒤
알맹이는 다람쥐가 주워 가고

푸른 옷은 바람과 함께
가을이라는 계절이
빼앗아 갔다.

▲돼지평전
노고산장을 지나 능선으로 향하다 보면 임걸령 못미처 나타나는 능선상의 2군
데의 평지 이름.

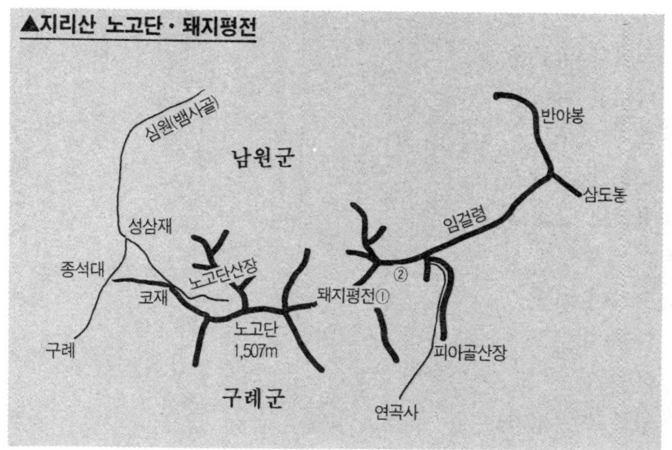

낙엽 2

능선에 올라서니
낮은 계곡으로
골진 계곡으로
낙엽은 쉴 사이 없이
뒹굴고 굴러간다.

스산한 바람은
낙엽을 끌어안고
골진 곳으로
낮은 곳으로
뒹굴고 굴러간다.

시간이 가면
가는 대로
한 시절 잊을 수 있듯이
뒹굴고 굴러가는
낙엽

낙엽은
바람 품에 안기어
골진 곳으로

낮은 곳으로
뒹굴고 구른다

바람 따라
시간 따라
낙엽 따라
나도
뒹굴고 구르고 싶다.
▲1993년 10월

낙엽 3

장성
백양사 연못에
떠도는 단풍잎이
어찌도 아름다운지
그 잎새에
나의 마음을
띄워 봅니다.

▲백양사 단풍

내장사 단풍과 비교할 만한 곳이다. 이곳 연못은 계곡에서 흐르는 물을 절 앞에서 잠시 흐름을 멈추게 하기 위하여 징검다리를 놓았다. 이곳에서 백암산 백학봉을 거쳐 상왕봉→새재→까치봉→내장산 신선봉으로 이어지는 장거리 산행도 해볼 만하다.

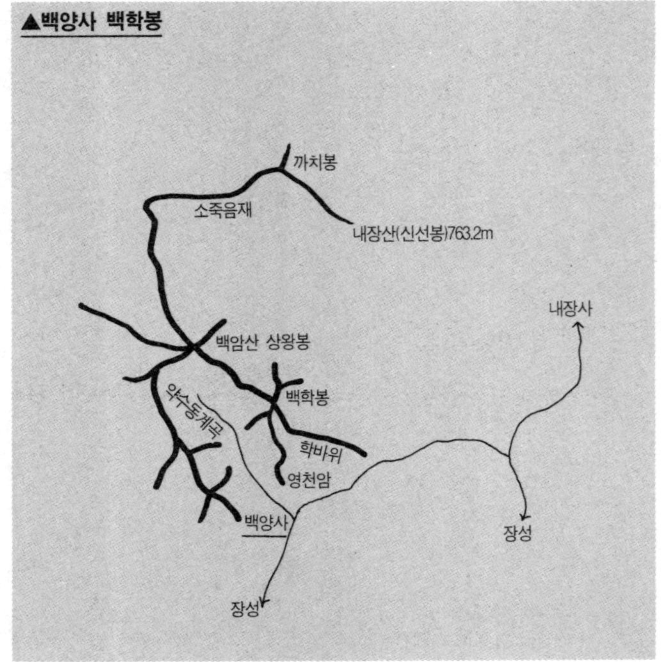

낙엽 4

짓누른 가슴팍을
쥐어뜯고
남은 건 상처뿐인
마음을
어느덧 계절은
옷깃을 당기는데
낙엽은 하나 둘
허물을 벗어 버린다.
뜬구름이 흘러간
먼 곳을 쳐다보며
목이 메어 가슴을 치는
참나무여
또 하나의
슬픈 이별을 생각하며
벌레 먹은 낙엽을
떼어 내는 참나무여
떨구는 마음으로
살 것이지
떼는 마음으로
살려 하는가.

제2부

아름답도다 우리 강산

제2부

아름답도다 우리 강산

명지산의 봄

산 아래 장재울은

한여름인데

귀목은 아직도

초여름인가

명지산 그 산 위의

하얀 꽃

산 목련은

화들짝 치장을 했네

단장을 했네.

▲1984년 6월

▲명지산

경기도 가평군 소재. 높이 1,267m. 경기도에서 등반할 수 있는 제일 높은 산이
며 한북정맥 귀목봉에서 갈라져 나온 산줄기이다. 산행은 가평에서 가평천을
따라 익근리까지 가거나 현리에서 상판리로 가 귀목고개→갈림길→1,250고지→
정상→1,079고지→갈림길→폭포→승천사→익근리(주차장) 코스로 하는 것이 좋
다. 산행시간이 많이 소모되므로 초보인 경우 무리하여 등반하지 않기를 바란
다.

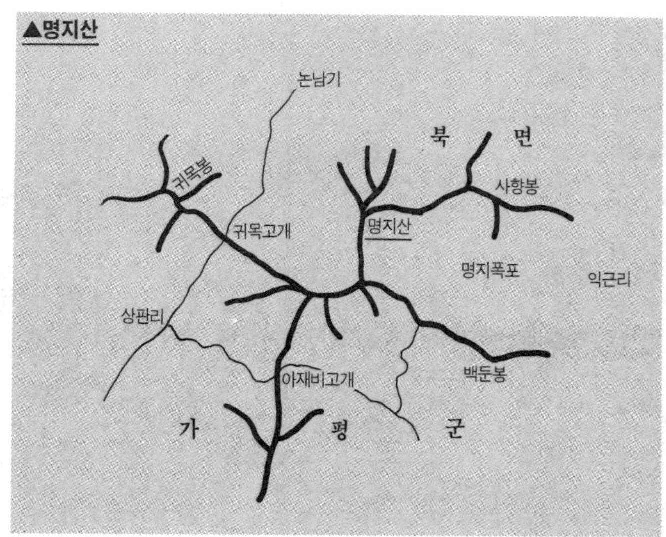

강화 마리산

저곳도
섬이고
이곳도
섬
옛날엔
섬
지금은
섬이란 품 속에
포근히 안겨 있는
섬
큰 품에 안긴
섬
우리는
이곳
정상에 서서
우리 선조(?)들의
모습을 생각해 본다.

▲마리산
강화읍에서 화도면 상방리행이
나 사기리행 버스가 수시로
있고 상방리 관리사무소→첨성단
→정상→함허바위 갈림길→
정수사→사기리 주차장으로
하산하는 코스가 무난하다. 능선
상에는 거의 바위로 이루어져 산
행에 아기자기한 멋이 있다.
시간이 이를 경우 동막 해수욕장
에 들러 바다 바람도 쐴 만하다.

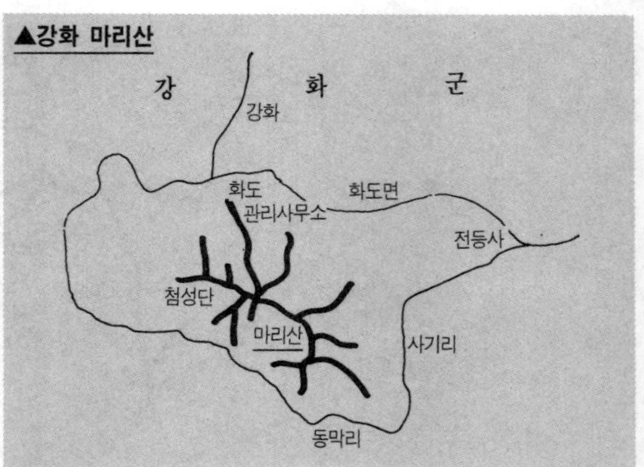

고루포기산

능경봉에서 바라볼 땐
가물가물 멀기만 한데
횡계치를 지나니 숨이 벅차다.

헉헉대며 오른 길은 실망을 주고
펑퍼짐한 정상은 엉판대기처럼
편안함을 안겨 준다.

두루두루
고루고루
내리뻗은 산자락은
댕기머리 같구나.

▲고루포기산
대관령에서 태백 쪽으로 가는 백두대간 중 두 번째로 만나는 높은 산이다. 높이 1,238m.

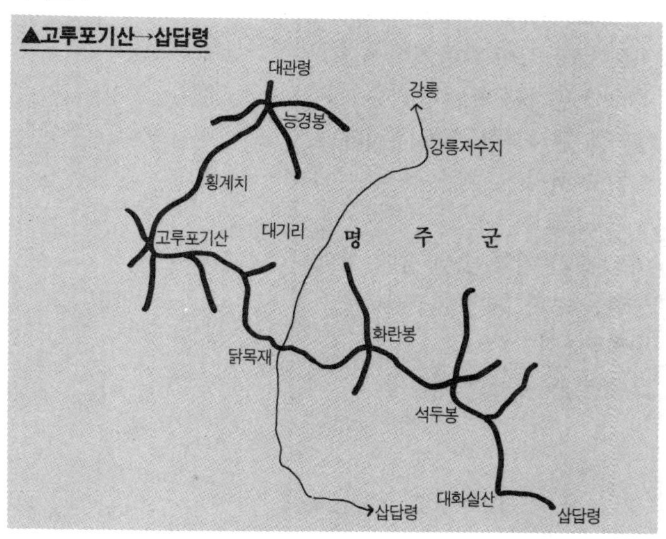

대관령에서 닭목재까지

쉑―이―익 휙―
찬바람이 불어 대는
대관령에다
우리를 횡하니 내려놓고서
버스는 도망치듯 사라져 간다

기념탑을 지나며
길을 찾을 때
바람은 하얀 눈을 껴안고서
움츠린 나의 몸을 날려 보내듯
거세게 거세게 불어제친다
엉거주춤 허리 굽혀 피하려 하니
옆에 가던 사람이 손을 잡는다

푹푹 빠져 대는 눈길을 따라
가쁜 숨을 몰아쉬며 걸어 오른다
불빛에 반사된 하얀 눈밭은
환하게 반사되어 눈이 부시다
길기도 하지
멀기도 멀고
어느 순간 잡목 숲에 숨어 버린
능선을 보며 횡계치 고갯길로
내려딛는다
오르락내리락 오르내리며

힘겹게 힘겹게 오르다 보니
지나온 등성이가 잘 가라고 손짓을 한다
한 번 쉬고 두 번 쉬어 오르다 보니
씨름 선수 어깨처럼 펑퍼짐하다
듬직한 고루포기 산정에 서서
노오란 귤껍질을 손 위에 놓고
하얀 눈과 함께 비교해 본다

무심결에 내딛은 낭떠러지가
하염없이 경사길을 자맥질하듯
구르며 넘어지며 내려만 간다
노송지대 산죽지대 지나다 보니
홀딱 벗긴 산허리가 흉칙도 하다
인적 없는 목장은 한적하건만

잘못 택한 등산로를 버리기 싫어
계곡으로 계곡으로 빠져 버린다
이름 없는 폭포에 작명도 하고
질척대는 닭목재에 올라서 본다

두꺼비 달빛 술에 목을 적시면
배낭이 가벼워 기분이 좋고
기운 빠진 몸에는 활기가 찬다
싸르르 두꺼비야 놀리지 마라
희미한 달빛아 취하지 마라
휘청휘청 질척질척 걸음걸이로
닭목재를 뒤에 두고 서울로 간다

▲1992년 11월 19일

도마리계곡

가르쟁이 마을을
옆에 두고서
대간의 맥을 찾지 못하여
도마리 계곡으로
내려서 버렸다.

시원한 계곡 물로
목을 적시고
맥을 찾아 능선으로
올라서 본다.

길도 인적도
모두모두 감추어진
산죽밭이 야속도 하다.
겨우 찾은 페인팅길

어디가 길이냐고
자꾸만 묻기만 한다
답답한 마음 내심 감추고
묵묵히 산죽밭을
헤쳐 나간다

석두봉 머리끝이
보일락말락

잡목 숲이 한순간
지나 버릴 때
선두를 선뜻
내어 주었다.

▲도마리계곡

삽답령을 지나 두리봉 가기 전 866고지 능선 아래 있는 계곡으로 종주산행 중
식수 보급에 상당한 도움을 줄 수 있다. 강릉에서 정선행 버스편을 이용하여
삽답령에 하차하면 된다.

두리봉

만덕봉 가는 길목
두리봉에는
별다른 모습이
없다고 했다

정상 부근 묘 옆에
널따란 공터
두말 짜리 농토는
될 듯도 한데

▲두리봉
고지가 1,010m인 이 산은 강원도 명주군에 있으며 육산이면서 정상 부근이 거의 평지로 이루어져 있으며 삽답령에서 석병산으로 가다 보면 두 번째로 만나는 높은 산이다.

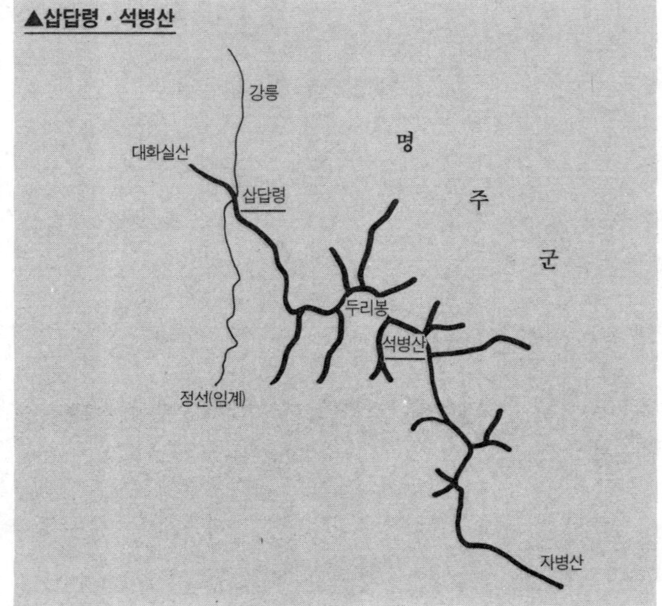

석병산

허전한 가슴에
모든 것을 보여주듯
뻥 뚫린 바위산이
저기 보이네.

얼마나 커다란지
찾아가 보니
너무나 가파러워
어렵기만 하다.

조금 더 조금 더
힘들여 다가서니
아슬아슬
바위 구멍 크기도 하지.

그곳을 통하여
눈덮인 계곡을 보니
빙판 위에서 쳐다보는
물 속 같구나.

▲석병산
강원도 명주군 옥계면과 정선군 임계면에 걸쳐 있는 산으로 높이 1,055m. 정
상이 바위로 되어 있고 정상 아래에 있는 바위에는 커다란 구멍이 뚫려 있다.
산행은 삽답령에서 시작하거나 임계리(장성 거리)에서 시작하는 것이 무난하다.

자병산

가족들의 이름처럼
석병이 자병이
그 산이
그 산처럼
모습도 비슷하다.

굽이 도는 갈고개를
옆에 끼고서
동해로 넘나드는
백봉령 옆에
노송을 끼고 앉은 자병산

이름도 이름처럼
시루떡 조각처럼
돌 조각
각각의 모습도
엇비슷하다.

▲자병산
강원도 삼척 동해시에서 정선군 송계(임계)로 넘는 백봉령 옆에 있는 산
(872.5m). 96년 현재 정선에서 동해시까지 완전 포장되어 있는 갈고개 근처 분
지를 찾아가 볼만 하다.

대화실산 방화선길

예쁘게 밀어 버린
방화선 길
산죽으로
잡목으로
우거져 있네.

산죽이 보기 좋아
걷다 보며는
등걸 끝에 부딪쳐
넘어져 길길이 뛴다.

날뛰는 모습에
모두들 웃는다.
청승맞게 앉아서
감상이나 하실 걸.

이발기로 밀었는가
곱디곱게 예쁘고
중장비로 밀었는가
흉측한 벼랑.

산 산
산마다 산마다
왜 이다지 파헤쳐지나.

▲대화실산
고지가 1,010m인 이 산은 삽답령 근처에 있다. 무자비하게 파헤쳐진 이곳을
보면 우리 나라 산림 정책이 어린아이 장난 같음을 알 수 있다. 삽답령에서 1
시간 20분 거리에 있다.

생계령 분지

장마지면 어찌되나
궁금도 한데
여기 저기
크고 작게
분지가 많다.

분지의 넓은 공터
아늑한 느낌
포근한 마음을
갖게 한다.

몇몇이 어울려
야영한다면
아기자기한
재미는 있겠지.

▲생계령 분지
백두대간 길목에 유일하게 이곳에는 크고 작은 분지가 많다. 일명 카스트르 지형이라고 한다. 700m 고지의 상당 부분이 분지로 되어 있다. 동해시 쪽은 급경사가 심하고 정선 쪽은 거의 평지로 되어 있으며 9월말이면 이곳에선 겨우살이 준비를 하기 위하여 장작을 패기 시작한다.

원방재

계곡이 바로 옆에
흐르고 있어
상월산 길목 찾기가
쉽지 않구나.

대간의 길목은
바로 옆이건만
길 잘못 들어
고생을 한껏 한다.

사정없이 파헤쳐진
방화선길
길인지 계곡인지
누구를 위한 길인지.

▲원방재
강원도 백봉령에서 두타산 방향에 있는 고개로 높이가 800m이다. 동해시 삼흥
동에서 정선군 임계면 가목리로 가는 길인데 길없는 고개이다.

상월산

분위기가 어찌됐던
보기완 달리
정상의 노송이
아름답게 느껴진다.

휘영청 보름달이
노송에 걸쳐 있는 날
정상에 앉아
소주잔을 앞에 놓고

노송을 상대로
이야기하면
옆에 누운 바위가
시샘하겠지.

길지도 않게
짧지도 않게
쉬고는 가되
머물기는 아쉬운 곳.

처음보다는

점잖은 모습

한껏 뽐낼 수 있는

산자락을 감추고 있다.

▲상월산

높이가 970m인 이 산은 정상 주위가 노송으로 감싸여 있어 운치가 있다.

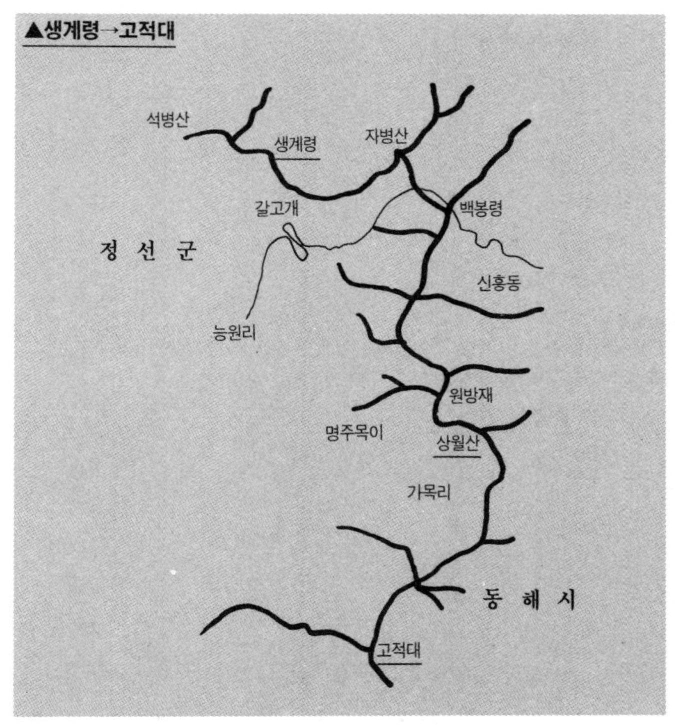

복두봉

복두봉 꼭대기에
올라 서 보니
안개 속에 갇혀 있던
운장산 모습이 훤하니 보인다.

밋밋한 칼크미재 능선이
꼬리 길게 늘이고
복두봉 아래에 닿는다.

주천면 명도봉은
잡힐 듯한데
할 일 없는 안개는
시야를 가린다.

▲복두봉

전북 진안군 주천면에 있는 산 1,007m. 이 산은 운장산과 구봉산 사이에 있는
산이며 산행 방법은 운장산이나 구봉산을 참고로 하면 된다.

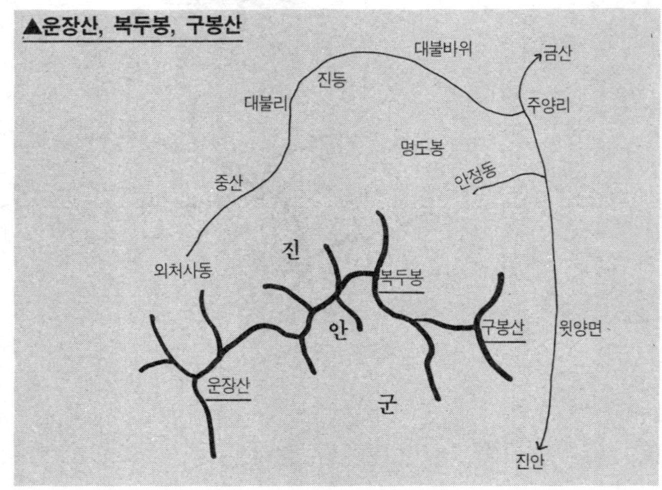

구봉산

산 안개 살며시
산허리를 감도는 구봉산
막내둥이 1봉에 올라서니
온 주위를 감춰 버렸다.
평퍼짐한 4봉에서
노송을 잡고
살며시 걷어지는
산 아래를 바라본다.

8봉을 지나며
소맷자락 걷어붙인
산자락을 바라볼 때
한줄기 빗줄기마저
숨어 버렸다.

시냇물을 건너려는
새악시처럼
치맛자락 살며시
걷어올린 산자락
아슬아슬 벼랑 끝이
두렵기만 하다.

감추는 모습도 일품이지만
보여주는 경관도 일등이구나.

▲구봉산
전북 진안군 주천면에 있는 산 990m. 운장산보다는 암벽으로 이루어져 있어
경치가 좋다. 교통편은 운장산행과 같으나 금산에서 들어설 경우 진안 방향으
로 가다가 윗양면에서 하차해야 한다.

운장산 운무

산 안개 뭉실뭉실 피어오르는

주자천 계곡을 바라볼 때
공연한 망상에 잠겨 버렸다.

구름 위에 내가 앉아
같잖은 세상을
내려다보고 있을 줄이야

구름아 구름아
조금만 더 두껍게 튼튼하게
피어 올라 주려무나

못다한 꿈을
너에게 실어
멀리 멀리 저 멀리
실어 보내어
커다란 꿈나래 펼쳐 볼란다.

▲운장산
전북 진안군에 있으며 금남정맥(노령산맥)에서 제일 높은 산이다. 높이
1,125.9m. 금산 또는 진안에서 증산행 버스편을 이용하여 외처사동에서 산행을
시작하면 된다. 소요시간은 4시간이다.

아막산성 철쭉 1

신록의 계절 오월이 오면
백두대간 능선에 천년의 신비를 간직한
아막산성 철쭉꽃이 생각난다
지난해에 보아 둔 아막산성 주위의 철쭉
아직도 눈언저리를 겁없이 맴돈다.

꿈결에도 살며시 나타나는 먼 옛날
산성에 핀 아름다운 꽃망울들
눈감으면 아지랑이처럼 피어나는
아막산성의 철쭉 군락

천년의 신비처럼 곳곳이 허물어진 산성
지난날의 영화를 보여줌인가
치열한 전투장을 상기시키는가
산성은 온통 붉은 빛으로 치장을 하여
오늘도 마음은 그곳으로 향하고 있다.

▲아막산성
전북 장수군과 경남 함안군 사이에 있는 야트막한 산성. 88올림픽 고속도로 지
리산 휴게소 주위에 있다. 높이 920m. 봉화산에서 지리산 휴게소 직전까지 매
년 4월 초파일 10일 전에 가면 철쭉꽃의 장관을 볼 수 있다.

아막산성 철쭉 2

어느 곳의 철쭉꽃이
그처럼 아름답단 말인가
지리산 세석평전
소백산 연화봉
한라산 성판악

모두가 지난날
자랑스런 곳이라 했지만
천년의 신비를 간직한
아막산성 철쭉은
천년을 만들어 온
정원이거늘.

백두대간 길목에 핀
아막산성 철쭉 군락
수다스레 자랑하기보다는
가슴 속 깊이 고이 간직하고서
때가 오면 한 번씩 찾아보련다.

아막산성 철쭉 3

조용한 능선에서 괴성이 들린다.
야―흐―우으―
꽃을 보는 여인들의 함성 소리
꽃봉오리처럼 어여쁜 아가씨도
두리둥실 세월 보낸 여인들도
모두 다 바라보는
즐거움에 아우성친다.
탄성과 함성이 절로 나오고
자연에 탄복하고
꽃봉오리 군락에 취하여
두 주먹 절로 쥐고 상기된 모습으로
꽃을 향해 뛰어간다.

꽃을 보고 아름다움에 긴장되어
모두가 흥에 겨워 소리소리 지른다.
우―우―
모델은 꽃인지 사람인지
너도나도 자리다툼에
사진기 앞은 성시를 이룬다.
먹다 만 식탁처럼 아쉬움을 남긴 채
미련을 두고 뒤돌아보며
털털대는 발걸음으로
아막산성을 떠난다.

▲1993년 5월 9일

신선봉

막연한 기대 속에
너덜 지대를 지난다.
바위틈의 고드름으로
달궈진 목을 식히며
정상으로 오른다.

월악 쪽은 하얀 눈밭이고
조령 쪽은 봄볕이 완연하다.
시원한 바람은
골을 타고 올라와
능선을 지난다.

정상에 올라서니
탁 트인 동서남북
정상의 이름을 절로 알겠다.
그 이름
신선봉

▲1994년 3월 13일
▲**신선봉**
백두대간의 충북 조령관 직전에 있는 산으로 정상이 바위로 되어 있다.

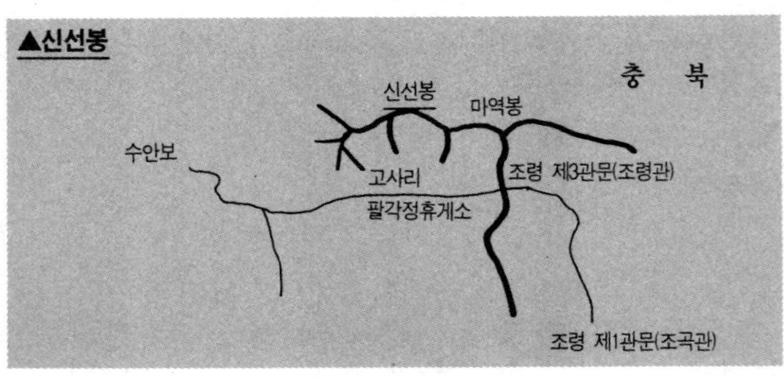

구름산 능선이 보이는 곳에서

간밤에 사르락
눈이 뿌려져
까다로운 길이
되어 버렸다.

꺼떡꺼떡
가쁜 숨을 몰아쉬며
두어 시간
모든 것을 잊어버리고
정상에 섰다.

발 아래
정상이 있는데
온통 하늘은
구름 능선으로
이어져 버렸다.

마음은 가고자 하고
발길은 쉬고자 하고
몸은
날개를 펴고
날고 싶다.

▲주금산
1994년 1월 25일 주금산 정상에서. 경기도 남양주군과 포천군 사이 베어스 타
운 뒷산.

술취한 십이탕

초롱초롱한 별빛을 감추고
밤새 비가 오더니
어디론가 떠나고 싶던 마음은
조건 없이 십이선녀탕으로 향했다.
모든 등산객이 하산할 때쯤
내친 걸음은 질퍽대는 계곡 길을
더듬거렸고
비가 내리는 만큼이나 호젓한 발걸음은
어느 사이 복숭아 탕에 이르렀다.
병마개를 잔 삼아 한 잔 넘기고
한 잔 부었다.
탕마다 부은 잔만큼이나 때맞춰 넘긴 술은
울적하던 심성이 그제야 풀리었던가
탕 곁에 퍼질러 앉아 흐르는 물 보기를
님 보듯하니
열두 선녀들은 모두 취했는가
빗방울 소리는 장단 소리요
흐르는 물소리는 노래 소리라.
어이 이곳에서 잔을 기울이지
아니하겠는가.
비가 하염없이 때론 거침없이
서글프고 처량하게
한참이나 내리는 십이탕에서
오랜 시간 동안 비워 버린

빈 병을 들고 저 혼자 홍얼거린다.
야! 미친놈아 집엔 안 가냐
해 가는 줄 모르고
비 오는 줄 모르는
네 놈은 속옷도 안 젖냐.

▲십이선녀탕
강원도 내설악산에 있는 유명한 계곡.

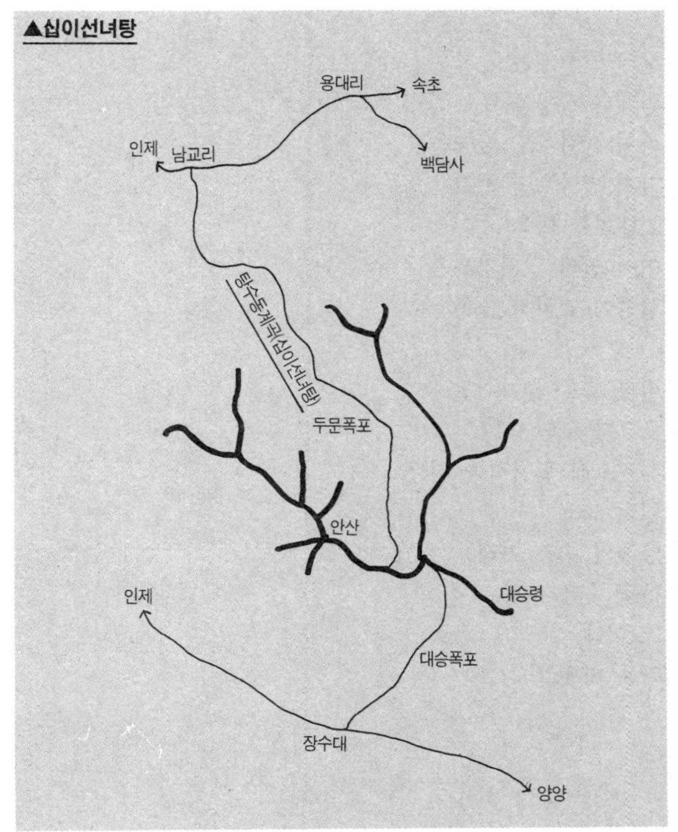

능선 따라 가는 길

시끌벅적 시장인가
소란스런 계곡이며
줄서 기다리는
화장실 앞이
고속도로 휴게소처럼
언제 와도 희운각은
조용한 날이 없다.

무너미 고개는
언제나 갈등을 주는 곳
행여나 아무도 공능을
가지 말았으면 하고
기대하는 마음과
어서 빨리 달려가고픈
설렘이 교차하는 곳

벅찬 숨을 몰아쉬고
오르다 보면
시원스레 펼쳐지는 경관
멀리
공능의 주봉 아래
우뚝 솟은 범봉
그 아래
작은 바윗골

수많은 봉우리는
모두 몇 개나 될까
좌로는
깊은 가야동골
그 위에
봉정암에서 수렴동까지
길게 뻗은 용아능
그 위에
귀때기부터 저 멀리
안산까지 뻗어 내린
서북 주능
뒤돌아 서면
우뚝하게 서 있는
대청봉.

봄이면 연분홍 철쭉이
여름이면 초록빛 젊음이
가을이면 아름다운 단풍이
겨울이면 하얀 설화가
설악의 온 누리를
장식하며는
공능은 더 한층
색동 동정처럼
한껏 멋을 부린다.
아쉬움을 두고
미련을 앞에 놓고
비탈길을 내려간다.
몇 번이고 오르내리면
다시 한 번 펼쳐지는

1,275봉에 기가 꺾인다.

산에 머물다 보면
모두 산사람이 되는가 보다.
1,275봉 아래 간이 매점에는
세 계절 내내
털보가 자리를 지키고 있다.
작년의 털보는 어디 가고
새로운 털보가 자리를 지키고 있다.
먼저 털보는
예쁜 색시 만나 장가갔다나.
컵라면은 젓가락 없어 못 팔고
가져온 음식은 남기지 말고 가란다.
털보가 건네주는 당귀차는
언제나 툽툽하고 향기롭다.

1,275봉에서 쉬지 못한 것을
마저 쉬고파
설악골이 보이는 곳에서
두다리 쭉 뻗고 퍼질러 앉아
담배를 피워 문다.
건너 뵈는 금강문은
언제 갈거뇨.
나한봉에 오르다
뒤돌아보면
공능의 뒷모습이
조금씩 보인다.
머리와 오른쪽 뒷모습이
조금만 더 오르다 뒤돌아보면

공룡의 뒷모습이
완연히 나타난다.
아!
신은 어떻게 저리도
멋진 작품을
우리에게 주셨을까.
움직일 것 같은 뒷모습
앞발을 들고 뒤돌아 서면
설악의 모든 봉우리가 무너지도록
소리소리 지를 것 같은
마음이 든다.
마냥 앉아 머물면
살아 움직일 것 같은
공룡
언제 와도 신비함과 함께
떠나지 못하도록
여린 마음을 사로잡는다.

마등령에 앉아 쉬다 보면은
봄이면 발 밑까지 다가와
뛰노는 다람쥐
어딜 가도 이런 모습은
본 적이 없다.
과자를 들고 있으면
손 위까지 뛰어 올라
과자를 뺏어 가는 곳
스스로 자연 속에서
자연과 함께 벗하고 있음을
피부로 느낄 수 있다.

발 아래 설악골

설악골 건너

집선봉, 칠성봉, 화채봉

요란스레 솟아오른

봉우리 봉우리

어데다 비기랴

이 아름답고 신비한

우리의 백두대간

설악의 모습을

우리의 설악산

공능의 모습을.

▲1992년 11월 공룡능선에서

▲공룡능선

설악산 공능을 등반한 사람들도 공룡의 모습을 못 본 사람이 많다. 정확히
1,275고지 휴게소에서 나한봉 쪽으로 가다가 뒤돌아보면 1,275고지가 공룡의
머리라고 생각하면 정확한 공룡의 모습을 볼 수 있다.

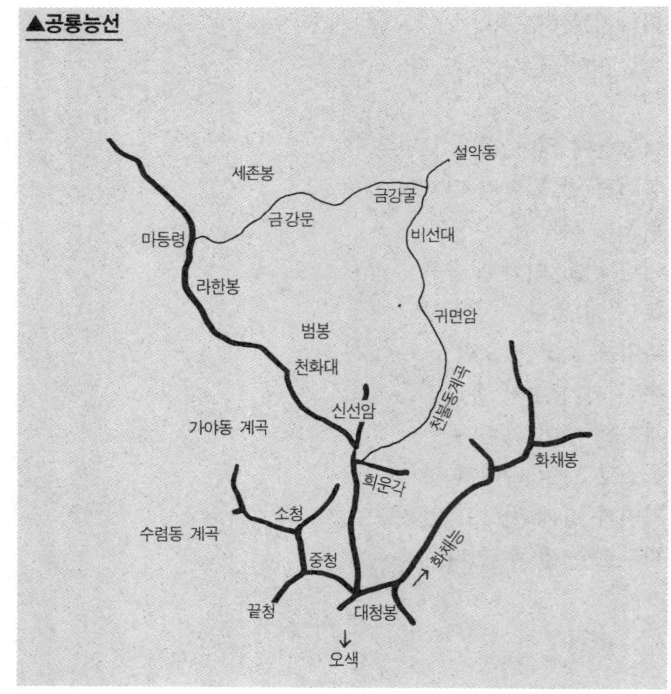

적상산에 올라
―고 이규호 대장을 추모하며

맑게 갠 가을 하늘을 봅니다.
내가 선 곳을 봅니다.
다시 한 번 하늘을 보며
당신 모습을 그립니다.

그곳 삼포에는
산을 좋아하는 당신 같은
분들이 많은지요.

먼 곳에서 이곳을 쳐다보고 있을
당신의 모습을 그려보며
나는 또 다른 걸음으로
적상산에 오릅니다.

▲적상산
전북 무주군 적상면 고지 1,034m. 호남의 명산이나 덕유산에 가려 일반인들에게 잘 알려져 있지 않다. 가을 단풍으로 유명하고 정상에는 고려 시대 명장 최영 장군이 쌓은 적상산성이 있으며 이 외 호국사지 사고지 안국사 안렴대 장도바위 등이 있다. 산행은 안시내 마을→안렴대→적상산→안국사→장도바위→지소땀 가게 앞으로 하산하는 코스가 일반적이다.
▲삼포로 가는 길은 고 이 대장이 즐겨 부르던 노래임 89년 2월 26일 유성인터체인지 부근에서 교통사고로 사망하였다.

아리송 산악회
―고 이규호 대장을 생각하며

처절한 모습으로
우리 곁을 떠난
당신이
이처럼
생각나는 것은
무슨 일인가요.

지금도
그곳에서
산을 오르내리시며
산행 계획도 세우고
계시는지요.

오늘은
어느 산에 오르셨나요.
산에 오를 때마다
당신의 모습이
아른아른
생각납니다.

아리송 산악회 설립 모임 등반
―운악산

화창한 오늘
당신을 추모하기 위하여
운악산 산정에 섰습니다.
특유의 경상도 사투리로
항시 직선적인 말씀만 하시던
당신의 미운 모습을 생각하며
이 산정에 섰습니다.
항시 아리송하다는 당신의 말대로
우리는 아리송하게 이곳에 모여
아리송한 당신의 모습을 그려봅니다.

▲운악산
경기도 가평군, 포천군에 있는 산. 936m. 관악산, 감악산, 화악산, 개성 송악산
과 더불어 경기도 5악의 하나로서 바위로 이루어져 있다. 보통 산행은 운주사
→정상→현등사→하판리로 이루어지며 대략 5시간 정도 소요된다.

산으로 가면

복잡한 세상
시끄러운 사회
지금
여러분은
어디에 계십니까
여러분과
꼭 가고 싶은 곳이
있습니다.
자연으로 돌아가고
싶습니다.
고민과 고독을
해결할 수 있는
평온을
되찾을 수 있는
묘안이
있을 것입니다.
숨가쁘게
움직이는 세상
어지러운
이 세상에서
훌쩍 떠나
자연으로
돌아갑시다.

배낭을 메고

대충 정성 꾸린 배낭
한쪽 어깨에
둘러메고서
집을 나섰다.

차에 오르려 할 때
모두의 시선이
집중되어
영웅처럼 기분이 좋고

산이 가까워질수록
여기저기 놓여 있는
배낭이 눈에 띄일 때
무엇을 꾸렸을까
어느 곳으로 가는 것일까.
동행은 몇 명일까.

그들은 그들대로
나는 나대로
오늘 산에 오르려
대충 정성 짐을 꾸려
집을 나선 것이 아닐까.
공상은 말자.

피와 뼈와 비

나의 피는 김이요
나의 뼈는 장이라
못난 조상의 덕으로
하필이면 비가 오는 날
울적한 마음으로
말만 들어본
조상의 묘를 찾아가
사무치는 서러움에
하염없이 눈물을 흘리며
절을 한다.

울어 본들 무엇이 달라질까.
그 분들이 떠날 때는
어찌 오늘 같은 날이
있을 수 있다고 생각조차
할 수 없었을 텐데.
흐르는 눈물은
비와 함께 흐르기에
두뺨은 온통 축축하건만
서글퍼라
서러워라
한참이나 젖어 버린
소매 끝으론
차마 닦을 수가 없었다.

이놈들아

내 비록 나이는 들었다만
내 이까짓것
이놈들아 웃지 말어.

아침이면 이 골목 저 골목
파지며 공병이며
하나 둘 주워 모아

내 비록 허리는 굽었다만
내 이까짓것
이놈들아 웃지 말어.

네 놈들 키우랴.
네 놈들 가르치랴.
네 놈들 살림 내주랴.

내 비록 나이는 들었다만
네 놈들 땜에
이 고생하는 것 아냐.

사람은 살다 보면 즐거움이
있어야 하는 거야
살아 움직인다는 즐거움 말야.

세월의 음식

그 푸른 꿈과 세월은
어느 시절이었던가
오늘도 낙엽이 구르는
모습을 바라보며
지난날을 되새겨 본다.
그 시절
그 아름답던 꿈은
모두 다 이루어졌는지
아니야
아직도 무엇인가
남은 듯한데
세월은 무심하게
싸늘하게
식어만 간다.

산 가족

우리는
산 가족이었다오.
우리집은
참 아리송해요.
식구는
매주 다르지요.
메뉴가 바뀔 때마다
어떤 때는 50명도 넘고요
어떤 때는 20명도 되고요
식구가 많을 때는
대장은 삼포로 가는 길을
노래하며 즐거워했지요.
식구가 적을 때에는
삼포로 가는 길
노래보다는
두꺼비 잡는 일이
더 많았지요.

그런 와중에서
작은 식구가 생겼지요.
출생지는
축령산 정상에서였구요.
갑자기 태어나서인지
딸 부자였지요.

정순이,
혜순이,
순임이,
심숙이,
그리고 나
우리는 때때로
한지붕 밑에서
한솥밥 먹고 살면서
때로는
별이 보이는 처마에서
배내민 두꺼비를
발로 툭툭 차면서
어둔 밤을 지새며
이야기꽃을 피웠지요.

어느 날이던가
정순이가
짝 찾아가고
몇 해가 지나더니
순임이가
짝 찾아가면서
좋아하대요.
한 해가 저무는
올해는
심숙이가
자기 짝을 찾았다고
좋아하더니
간다는 말도 없이
떠나가네요.

축하합니다.
정말로
당신의 결혼을
축하합니다.
진작
보내 버려야 했었는데
무척이나 즐거운 이날
자리에 참석하지 못한 마음
못내 섭섭하군요.
오늘
백두대간(진고개―대관령)에서
축가를 연주할 거예요
우린 모두
자랑스럽고
사랑스럽게
아름다운 추억 속에서
살았었다고……

우리는
슬픈 식구였나 봐요.
불의의 사고로
정말 삼포로 가신
대장이 있었던가 하면
하나씩
하나씩
떠난 식구는
10년 후
20년 후
우린 언제 만날지 몰라요.

기쁨과 슬픔이
눈 앞을 어른거리는군요.
본의 아니게
막내가 된 혜순이
좋은 짝 만나야 되는데

모두
행복하게 살 거예요.
그리고
우린 만날 거예요.
산이란
우리집에서.

▲1992년 11월 8일 산 친구 조심숙의 결혼을 축하하면서

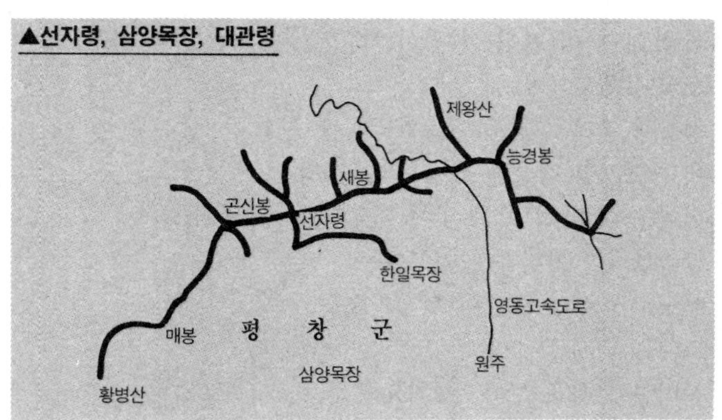

▲선자령, 삼양목장, 대관령

결혼 소식

시집간다고 소식이 왔다.
억척스레 다니던
산행을 쉬게 됐다면서.
성실하고 착실한
좋은 사람 만나서
보금자리 마련하게 됐다고
소식이 왔다.
그토록 좋아하던 산을
수없이 오르내리더니
어느 새 나이 들어 짝 찾아간다고
소식이 왔다.
정상에 올라 성취에 가득찬
에—코처럼 행복한 가정을 일구고
귀여운 아이 하나 둘 낳아 기르면서
알뜰살뜰한 가정을 꾸려가며는
어느 사이엔가 중년이 되겠지요.
그때는 다시
산이란 고향을 찾아오겠지요.
부디 지난날 즐겨 찾던
산과 계곡을 잊지 마시고
행복한 가정을 이루어 주십시오.
이 못난 산 친구는
그 옛날 당신이 섰던 산정에 서서
당신을 대신하여 자리를 빛내고 있답니다.

엄청난 사람들

우리는 약속한 일도 없다
언제든지 만날 수 있으니까
한 달이면 한두 번
쉽게 만날 수 있다
남들은 우리를
별난 사람들이라고
생각할 수 있지만
우리는 특별한
약속이 없더라도
만날 수 있다
산에 가면
언제든지
웃으며 만날 수 있으니까.

산에 가지 못한 어느 휴일 오후

꿈결에 나타나는 능선
오가며 떠오르는 산자락
시간도 마음도
한 곳에 머물지 못하고
눈 앞에서 방황을 한다.

가고 싶고 떠나고 싶다.
마음은 항시
깊고 높은 곳으로 가 있지만
몸은 이 자리에 서서
잡다스런 세상에 시달림 받는다.

시끌시끌한 백운대
컴컴한 호랑이 굴 속은
차갑고 축축하겠지.
염초봉 능선은 지금쯤
줄서 기다리며 오르내리고

원도봉 포대는 사다리를 붙잡고
기다리는 사람들이 지루함을 느끼겠지
우이암을 쳐다보며
에코를 불러대는 산 친구는
누구일까.

나는 왜 그 길고 짧은 능선에
서 있지 못하고 이처럼 망설이며
잡다한 곳에 머무르고 있을까.

주말이 되면 오르내리던
수많은 산과 계곡이
자꾸만 눈 앞에 어른거리고
마음은 한없이 지난 세월을 좇는다.

왤까?

몸이 아파
움직이기 싫어도
먼 곳을 볼 때마다
달려가고파

지금 저곳에
내가 있다면
무엇을 하고 있을까

게으름이 만든 병일까
산에 오르지 못한
애절한 마음일까

끓는 마음으로
타는 마음으로
오늘도 먼 곳을 바라보며
산을 그리워한다.

이제 그만

돈 벌어야지
산에 뭘 자꾸 가냐.
남들은 돈 벌어
잘살고 있는데
너는 허구헌날
산에만 가냐.

산에 가면
뭐가 생기더냐
이제 고만 다녀라.
그만큼 다녔으면 됐지
뭐하러 산에만 다니냐.

핑계

엄마
말씀이 맞아요.
이제 그만 갈게요.
그런데
일자리가 있어야
돈을 벌지요.
오늘은 그냥
갔다 올게요.
미안해요.
엄마

당신은 맨날

집에 좀 있으면 안 되나요.
오늘은 어느 산인가요.
나도 가면 안 되나요.
당신은 맨날
산에 가면서
난 애들과 맨날
지지고 볶고.

언젠가는

꼭 같이 가야죠.
남들 앞에 자랑할 수 있도록
설악산이랑
지리산이랑
당신이 힘들어도
나의 마음은 언제나
당신과 함께
나는
꼭 같이 갈 거야.

아빠

오늘은 어델 가.
같이 가면 안 되요.
같이 가고 싶은 걸.

그런데
오늘은
안 될 것 같다.

술꾼

바짝 말라 버린
입술에다
바싹 타 버린
혀 끝에다
깔깔한
입 천장에
두꺼비 한 잔
부어 본다.

캬——
이 맛
요 맛이지

한 잔 술은
이빨 사이에서
머물고
두 번째 잔은
혀 끝에 머물고
세 번째 잔은
입 안에서
맴돈다.

나?
먹은 거 없어.

남겨 둬.
다 먹었어.
좀 남았어?
조금만 먹지.
남길 게 어딨냐.
의리도 없네.
믿을 놈 없네.
또 있을 거야.
쟤가 누군대?
술꾼.

술잔

깊은 밤을 위하여
창공에 잠을 청하며
술잔을 높이 들었다.
긴 걸음 때문에
한 걸음
더 피곤했던가
술잔을 기울인다.
그리고
다음에 오를 산을
물끄러미 쳐다본다.
다시 갈 거야.
우리는
다시
산에 오르기 위하여
잠을 청하면서도
술잔을 앞에 놓고
산을 이야기한다.
다시
산에 오르기 위하여
산
너를 바라보고 있는 거야.
그리고 잔을 높이 들었다.

산행이 끝난 후에

나는
하산주를 되게 좋아한다.
더구나
길고 긴 산행이 끝난 다음
어려운 산행이 끝난 다음
마시는
하산주를
억시게 좋아한다.

산이 좋아 마시고
사람이 좋아 마시고
술이 좋아 마시고

나는
하산주를 지랄맞게 좋아한다.
오가는 술잔 속에
우리는
모두
하나가 되니까.

모기

오늘도 모기는
극성을 떤다

춘하추동 사계절
극성을 떤다

벌써 몇 년째
극성을 떤다

한 달에 한 번쯤은
꼭 극성을 떤다

뜯기는
심한 고통

지겨움 짜증보다는
모두들 언제나 즐겁기만 하다

뭐 없어!
맛있겠다.

한 잔 해야지.
남기면 안 되지.

조금씩 나누다 뜯기는 음식
어찌 이리 사이가 좋은가

뜯기는 사람도 즐거운
우리들의 산 모기.
▲이곳에서 모기는 빈 손으로 산에 다니는 백가지 재주를 가진 사람을 말함

차박 등산의 즐거움

토요일 오후 망설임 없이
배낭을 둘러메고
떠날 수 있어 좋고
한 번쯤 차 안에서
잠을 잔다고
어려울 것은 없다.
멀리 간다는 것
훨훨 날지는 못해도
하루 밤 사이
멀리 간다는 것만 해도
통쾌할 뿐이다.
시간 절약이란 말만 들어도
엄청난 기쁨을 준다.
차 안에서 간편하게
한 잔 술로 목을 적시고
설레이는 마음을
설잠 자며 달랠 수 있어 좋다.
하루길은 너무 멀고
이틀길은 너무 길다.
새벽녘에 일어나
간단히 짐을 챙기고
여명 따라 가는 길은
길어서 좋다.
해가 뜰 무렵이면

정상에 서서
먼 하늘
붉게 물들이는
태양을 쳐다볼 때
이보다 더한 기쁨
무엇에 비기랴
햇살이 퍼질 때쯤이면
산행길은 반 이상 줄어들고
점심 먹을 때가 되면
등산을 마감한다.
점심을 먹고 차에 오르면
밀려드는 식곤증 풀기 위해
오침을 즐겨서 좋고
서울에 도착하면
저녁 나절 한 잔 술이 좋고
집에 일찍 돌아갈 수 있어 좋고
차박 등산은
이래서 좋지만
기사 아저씨와 안내자는
하루 밤새 고달프다.

▲1992년 11월 25일

어느 방랑자의 이야기

하루는 백담사 계곡에서
찌든 몸을 닦고
어슬렁어슬렁
수렴동 계곡을 지나
봉정암에서 생각하니
계곡에 벗어놓은
바지가 생각이 나더란다.
이것을 찾으려고
소청 산장에서 하루를 지샌 뒤
희운각을 끼고 돌아
공룡 능선을 따라 가다가
천화대 부근에서
길도 없는 곳을 헤매이다
오세암에 도착 했다나.
이곳에서 하루를 보내고
수렴동으로 하산하여
백담사 계곡에 도착하니
바지는 빨래처럼
처량하게 바위 위에서
주인을 기다리고 있더란다.
다시 짐을 싸매고
물어 물어 간다는 것이
그만 대승령으로
간 것만은 좋았는데

갈 길이 석연찮아
능선만 따라 걸었더니
얼마나 갈증이 심한지
솔잎을 뜯어 물었으나
꼭 죽을 것만 같았단다.
물을 찾아 오른쪽에 보이는
도로를 향하여
정신없이 잡목 숲을
헤치며 내려 가다 보니
물을 만나 무척이나 반가웠단다.
숨도 멈추지 않은 채
물 속에 머리를 처박고
미친 듯이 흔들고 나니
무척이나 좋았단다.
어지간히 퍼질러 앉아
쉬었다가
도로를 따라 걷다 보니
아차 한계령이라더군요.
해는 시야에서 떠난 지
벌써 오래
눈이 아파올 때쯤
필례약수를 지나
군량밭 어느 민가에서
민박을 청하곤
어떻게 자리를 펴고
잠들었는지
아침 햇살이 중천에 벌겋게
내리쬐더란다.
아침도 굶은 채 숙박료 일 만원이

너무 억울해
고맙다는 인사도 하는 둥 마는 둥
뒤도 돌아보지 않고 걷다가
겨우 한 뼘밖에 안되는
옥수수 밭고랑 물가에서
라면으로 아침을 먹고자 하니
어찌나 마음이 처량하고
서글픈지
배고픔도 잊어버린 채
한없이 울어 버리고 말았단다.
한참이나 시간이 지난 뒤
짐을 챙겨 메고
넋 나간 사람처럼
터덜터덜
방통약수를 찾아
걷기 시작했단다.
귀둔을 지나
고석골 언덕길에서
지나는 차량에
염치 없이 신세를 지고
현리에서 내려
방통약수로 갔더니
어느 새 하루해는
피곤한 나그네를
곤욕스럽게 하더란다.
생각지도 아니하던 여행길
어차피 집을 나선 몸
우리 나라 오대 명산을
자신의 발로 걷고자

다짐을 하고는 잠들었다 한다.
다음 날 퉁퉁 부운 다리로
얼마나 걷기가 싫은지
한참이나 망설이다
다시 걸었는데
목적지는 오대산 부근
삼봉약수로 정하였단다.
조경동을 지나자
꾀가 생기어 어쩔 수 없이
숙박을 하곤 다음 날
명지 거리를 향하여 가다가
얼마 못 가 문명이 얼마나 편한가를
느낄 수 있더란다.
지금이라도
홀어머니 계시는 집으로 가면
얼마나 좋을까마는
노동운동을 한답시고
직장에서 파업을
주도한 죄로
구속 영장이 발부되고
이제 갓 출감한
자신의 모습이
너무나 처량하더란다.
파업 시작 이틀째 되던 날
집행부 전원에게
구속 영장이 나왔다는
말이 떠돌자
그토록 탄탄하던
조합원들이 흔들리고

집행부와 회사측은
파업을 주도한 노조 위원장과
집행부 몇몇 사람의
조건 없는 사표 처리로
모든 것을 해결하려 하였으나
사실은 너무나도 달랐단다.
파업을 주도한 자신과
집행부 전원은
구속당해야 했고
모든 쟁위활동은
뜨거운 물 속의 종이처럼
흐물흐물 녹아 버려
그날로 모든 것이
끝나 버려야 했단다.
지난 몇 달 동안
자식 때문에
고생하신 어머니는
출감하자마자
여행이나 떠나라면서
등을 미시더란다.
만나고 싶었던
사람도 만나지 말고
어서 어서 떠나라던
어머니의 모습이
자꾸만 생각나더란다.
월둔을 지나자
안개비가 내리며
날은 어두워지고
발길을 서둘렀지만

그 동안 쌓인 피로는
온몸을 더욱 무겁게 만들었고
자꾸만 아무 곳에나
주저앉고 싶더란다.
등에 멘 배낭은 갈수록
벗어버리고 싶고
눈까풀이 내려 앉으려 할 때
멀리서 털털대며
뒤따라오던 차량이 지나며
"삼봉가요?" 하더니
차를 세우기에
냉큼 올라탔더니
이것저것 말을 시키며
양주병을 주면서
한 잔 마시라고 권하기에
입 안에 조금 넘기려 하자
그만 칵하고 말았단다.
한참이나 어두워진 시간에
삼봉 약수에 도착하여
그냥 자고 싶었는데
여행길이 미숙한 자신에게
오랫동안 만나지 않았던
큰 형님처럼
요모조모를 자상하게
이야기하며
저녁 준비를 하는데
그만 코를 골며 잠들었던
모양이었단다.
집을 나선 지 오랜만에

진수성찬을 만난 탓인가
다음 날 아침 먹을 밥까지
모두 먹어 버리자
그 분은 털털 웃으며
밥을 더할 걸 그랬다며
술이나 한 잔 더 하고
잠을 자라 하시더란다.
체면이고 나발이고
자신이 왜 이렇게 뻔뻔해졌나
처음 보는 사람 앞에서
무례함도 모르는 체
즉시 곯아 떨어졌단다.
칼칼하게 목이 타기에
일어나 물을 찾으니
아—
이곳은 우리집이
아니었다는 생각에
실망보다는
온몸을 짓누르고
밟아 뭉개는 것 같았단다.
옆자리에는 아직 통성명도
하지 않은 사람이
조용히 잠들어 있고
흐르는 물소리만
들리는 곳이었단다.
현실 앞에 서 있는
자신이 부끄러웠고
서글퍼졌단다.
옆에 자고 있는 저 사람은

누구기에 나에게
친절하게 술과 밥을 제공하고
무슨 인연이 있기에
자신과 한방에 잠들고 있을까.
지난날 그토록 힘차게
노조를 이끌던 동료가
파업 이틀이 지난 뒤
정면으로 배신했던 모습이 떠오르자
옆자리에 누워 자는 사람의 얼굴을
어둠 속에서 뚫어지게
쳐다보았단다.
갑자기 무서움과 두려움이
머리 끝을 맴돌자
자리를 박차고 일어나
밖으로 나서니
부슬부슬 비가 내리며
바람이 불고 있었단다.
어두운 나무 뒤에서
시원하게 방뇨를 한 다음
약수터로 가 밍밍한
약수물을 한 컵 마시곤
산장 툇마루에 걸터앉아
방에서 잠들고 있는 사람을
생각해 보았단다.
저 새끼
날 감시하는 놈 아냐
혹시 하는 생각에
바지 뒷주머니의
지갑도 만져 보곤 했단다.

한 달을 기한으로
어머니와 약속을 하고
집을 떠났는데
벌써 며칠이 지났다고
철없는 아이처럼
어머니 모습과 집이
그리워지는 것은
무슨 탓일까.
파업 후 협상을 통해
모든 것을 없던 걸로 하고
새출발하자던 사장 얼굴도
자신에게 불법 쟁의를 하게 된
모든 경위를
자세히 설명해주며
관할 경찰서로
자신을 연행하던 형사의 모습.
재판 후 형량이 확정되자
뒤에서 울부짖으시던
어머니 모습.
지난 며칠 동안
그토록 잊어버리고자 한
모든 일들이 한꺼번에
생각이 나자
소리를 지르고 싶어졌단다.
아니 마구 울부짖고
때려부수고 싶어졌단다.
단체 협상이 결렬되고
쟁의 신고를 한 것이 오후 4시
정확히 열흘 후

아침부터 부지런히 서두르던
동료가 생각났단다.
"위원장님 하루만 참죠.
아무래도 우리들 가운데 배신자가
있는 것 같아요."
쟁의 신고를 하고 난 다음날
노동부에서 연락이 왔었다며
회사를 나섰던 사람
서류가 잘못되어
수정을 요구하던 사무관과
수정을 하기 위하여
보낸 그 사람
회사 사장과 셋이서
시내 모호텔에서 식사 후
나서는 모습을 보았다는
동료의 말이 다시금
생각이 나더란다.
새가 하나둘 지저귀는
소리를 들으며 방으로 들어가
자리에 누웠으나
따스한 구들장만 느껴질 뿐
머릿속은 온세상 잡념으로
꽉 차 버렸단다.
멍청하게도
잠들어 버렸는가.
밥 먹으라는 소리에
눈을 뜨니 어제 저녁과는
전혀 다른 식단으로
아침 식사가 준비되어 있었단다.

식사 후
커피도 한 잔 곁들인 다음
짐을 챙기며 장거리에
보탬이 되라고 주식과 간식을
자신의 배낭에 넣어 주더란다.
오대산 월정사 상원사를
가려면 두룡령에서
산을 타고 가라고 하면서
무작정 떠나온 여행이라면
지금도 늦지 않다며
집으로 돌아가라는 소리에
한달만 전국을 돌아다닐
예정이라고 했더니
여행 준비가 너무나 미흡하다며
어디를 가더라도
아침 6시면 출발하고
오후 4시면 짐을 풀고
노숙할 준비가
전혀 되어 있지 않다고
가다가 공사판이라도 만나면
한 열흘만 일을 해서
텐트라도 준비하란다.
배점도리에서
산판 도로를 걸어
오대산 가기보다는
두룡령에서 시작하라며
메모지에 약수산
복룡산 신배령 두로봉
북대사까지 가면

좋은 경험이 될 것이라고 말하면서
차를 두룡령으로 몰았단다.
도대체
이 사람은 누구인가
포장이 제대로 된 부분을
지날 때에는 좋았지만
비포장 부분을 지날 때에는
머리가 천장에 북을 치듯
쿵쿵대더니 다 왔다며
바람이 몹시 불어 날아 갈 듯한
비포장 도로 위에
자신을 내려 주더란다.
그러면서
"좋은 경험이 될 거요.
얼마나 인간이 작은 존재인가를
느끼게 될 것이고 살아간다는 자체가
너무 허망하다는 것을 알게 될 거요.
무섭다면 지금이라도 이 차를 타쇼.
당신을 서울까지 데려다 주겠소.
힘을 내요. 여행이 끝나면
이곳으로 연락 좀 부탁 드려요."
한 장의 작은 종이에
작게 인쇄된 명함을 건네 받고
서로의 건투를 빌며 헤어지자니
무척이나 쓸쓸하고 허망했단다.

▲설악산은 잘 알려져 있지만 그 주위에도 오지는 있는 법. 1996년 5월 현재
인재에서 필레약수(한계령)까지 도로포장이 거의 다된 상태임. 가리산 아래 군
량밭 현리에 방통약수 등은 일반인이 다니기엔 너무나 벅찬 곳이며 가족과 함
께 또는 친구와 함께 피서철 한계령을 넘나들 때 한 번쯤 차를 몰고 드라이브
하는 것도 좋음.

부부가 뭐길래

등에 멘 배낭만큼이나
살아온 지난날
어언 몇 십 년이 지나도
오늘도 똑같은
마음으로 이 설악에
오셨겠지요.
부럽습니다.

산이 뭐길래

고희가 다된 노부부는
큰마음 먹고
설악에 왔으리라.
이른 새벽
어둠을 헤치고
시작한 산행은
해가 머리 위를
훨씬 지난 뒤
대청 산장에
도착했다.

풍경 1

처음부터
시작했으리라
개 끌듯이 끌고 가던
영감님의 손바닥은
물집이 잡힌 듯했고
살내린 강아지처럼
질질 끌려 가던
마나님은 어질증에
쓰러지려 한다.

풍경 2

힘들면 쉬고
어려우면 잡아 주고
끌어 주고 밀어 주고
하루가 다 가도 좋으니
정상에만 오른다면
무엇이 두려울소냐.
대청봉 정상에
오를 때까지
노부부는 서로
잡은 줄을
놓지 않는다.
저—줄
어렵고 힘들 때마다
두 사람은 더욱더
힘차게 저 줄을
잡았으리라.

풍경 3

힘들게
어렵게
대청봉에 올라선
한 쌍의 노부부
지금껏
그처럼
서로를 아끼고
살아 왔으리라.

남편은
줄을 늘여
당겨 주고
아내는
줄을 잡고
따라가는
그 모습이
너무나도 정다웠고
사랑스러워
보였다.

대청봉
너덜 바위 위에
다정스럽게 앉아
망망대해

동해 바다를
굽어보며
노부부는
지금
무슨 생각을
하고 계실까.

▲1994년 9월 25일 설악 대청에서 어느 노부부의 산행을 보고서

●

제4부

태백에서 소백산 국망봉까지

25시에 이동한다

"24시까지 신영아파트 앞에서 만나요."

"구기 터널 앞에서 만나도 되잖아."

"이유 불문하고 24시 정각에 신영아파트 앞입니다."

"알았어, 너 일방적으로 형을 농락할래?"

오랜만에 만난다는 반가운 마음과 산행을 하게 된다는 들뜬 소리를 들으며 수화기를 놓고 덤성덤성 장비를 챙겼다. 우선 급한 것은 랜턴 두 개, 버너, 코펠, 얇은 스웨터, 판초, 라면, 소주, 안주 등등.

"처남! 안 가?"

초행(난생 처음)인 처남을 동행으로 집을 나서 버스에 올랐다. 광화문 교보빌딩 앞에 도착하니 자정 20분 전이었다. 그전 같으면 한참 택시 잡기 바쁠 시간인데 아직도 귀가하는 사람들이 많은 것을 보면 통금을 해제한 것이 얼마나 다행인가 싶었다. 신영아파트 앞에 도착하니 약속 시간 5분 전이었다. 정형의 얼굴이 보이질 않아 은근히 걱정이 됐다. 혹시 안 나오면 어쩌나 하고. 한달 가량 주춤했던 산행, 숲의 향기를 음미하지 못했던 탓이었을까, 서쪽으로 기운 반달을 쳐다보고 보현봉 쪽을 쳐다보니 들뜬 마음이 더욱 부채질해댔다. 주위를 살펴보니 길 건너에서 신호 대기에 걸려 있는 낯익은 정형이 보였다.

"정형!"

"어이 장!"

신호 대기가 풀리면서 마구 뛰어가 손을 잡았다. 같이 산행을 한 지도 오래됐지만, 같은 직장을 다녔으면서도 오랫동안 만나지 못했던 아쉬움이 쉽게 무너져 내렸다. 처남을 소개하며 세 사람의 단촐한 산행이 시작되었다.

여러 번 다녔던 코스였고, 정형은 전직에 근무했을 때 이곳이 담당이었던 관계로 우리 일행은 마음만큼은 든든했다. 인가를 벗어나자 나뭇잎이 하늘을 가려 도무지 앞이 보이질 않아 랜턴을 사용했다. 바위와 돌로 된 계단은 다소 희미하나마 발을 더듬지 않았지만, 나무가 하늘을 가린 곳은 헛발 짚기 쉬웠다. 랜턴 하나로 어쩌나 싶어 걱정이 되었지만 돌아서기도 난처하고 죽어도 **GO**를 외칠 수밖에 없었다. 조금 오르다보니 건너야 할 계곡이 나타나지 않고 길이 생소했다. 이상하다 싶어 망설이고 있는데 근처에 있는 텐트 속에서 "이쪽은 길이 아니니 조금 더 밑으로 가셔야 됩니다." 한다. 아차, 길을 잘못 들어섰구나. 다시 밑으로 내려가 제길로 들어섰다. 건너야 할 계곡을 건너지 않은 탓이었다. 불빛이 보이며 벗과 함께 잔을 기울이는 사람들이 보였다. 부러운 눈초리로 그들을 쳐다보며 발걸음을 옮기니 뒤에서 "필요한 것이 있으면 다시 내려오십쇼." 한다. 무엇을 뜻하는 소리인지 고개를 갸우뚱하며 길을 더듬었다. 가뭄 때문에 계곡의 물이 말라 허연 바위만 보이는 것이 몹시도 추하게 느껴졌다.

하늘은 맑고 별은 총총히 떴건만 바람이 없어 몹시 덥고 후덥지근했다. 승가사 코스와 문수사 코스의 갈림길이 나오자 조마조마했던 마음이 누그러졌다. 문수사 코스에 들어서자 조금 쉬자고 하는 것을 언덕까지 가서 샘터에서 쉬자며

갈 길을 서둘렀다. 샘터에 도착하여 다리를 뻗고 바위에 걸터앉아 시계를 보니 어느 새 50여분이 흘러버렸다. 걸으면서도 줄곧 세상사 이야기를 하다보니 힘든 줄은 모르겠으나 어둠 탓에 눈이 아팠다. 더구나 남들은 잠든 시간에 이동을 하자니 눈이 더 아픈 것 같았다. 산도 좋지만 어찌 생각하면 정신병원 문을 들락거릴 정도가 아닌가 하는 생각이 들어 피식 웃음을 자아냈더니, 정형이 왜 그러느냐고 한다. 처남은 앉아 있으니 눈이 감긴다며 얼른 걷잔다. 승가사 쪽을 바라보았다. 석불에 비친 불빛이 유난히 영롱하고 아름답게 보였다. 산 주위에 듬성듬성 허연 뼈대는 바위고 검은 곳은 나무가 자란 곳이고, 그런대로 보름달이 뜨는 날이면 좋겠다는 생각이 들었다.

문수사가 보이는 언덕에 올라서니 어디선가 해괴망측한 소리가 들려 왔다. 짐승 소리는 아니고 사람 소리치고는 너무나 징그러운 소리였다. 등골이 오싹했다. 귀를 기울이니 보현봉 꼭대기에서 나는 소리였다. 처남이 이게 무슨 소리냐고 묻는다. 정형이 저건 어느 종교 단체에서 나와 산상 기도하는 소리란다. 옛날에는 건물까지 있었는데 지금은 토굴을 파 놓고 지낸단다. 간혹 찬송가 부르는 소리와 기도 소리가 한데 섞여 들려오기도 하고 잘 알아들을 수 없는 방언 소리가 산을 쩌렁쩌렁 울린다.

문수사 쪽은 희미한 불빛만 보이고 조용한데 맞은 편에서 저렇게 시끄러우니 문수사 스님들 마음도 좋으셔라, 분명 안면 방해죄는 될 듯도 한데, 하긴 하느님 나라에 가까우니 할렐루야 할 수밖에—.

대남문에 도착하니 비오듯 쏟아지던 땀이 다시 몸속으로 빨려 들어가는지 시원한 것이 냉장고 문을 열고 서 있는 것 같았다. 밤에 보는 대남문, 다시 한 번 감탄사가 나왔다. 출퇴근 길에 날이 좋으면 연희 로터리 위에서 빤히 보이는 이곳에 한밤중에 내가 와 있다니. 또다시 조상님들의 힘에 놀라지 않을 수 없었다. 야호샘에 가서 물 한 컵을 마시니 처남이 시원해서 좋단다. 물을 떠가지고 성곽 위로 올라서서 자리를 잡았다. 정형은 새로 샀다는 원터치 버너를 꺼내며 성능을 시험한단다. 그 위에 물을 끓일 준비를 하고 두꺼비 네살 짜리를 꺼내 놓는다.

"어구야, 주사 한 번 큰놈으로 맞네."

잔을 나누며 이번 산행에 대한 이야기를 해보니 정형은 보름달이 뜨는 날이면 더욱 좋겠다고 한다. 반달은 어느 사이에 남장대 뒤로 숨었고, 시간은 새벽 2시가 조금 넘었다. 보현봉에서 아직도 나는 저 소리만 없었으면 좋겠는데……. 저 멀리 보이는 시내의 불빛을 쳐다보니 자기비판이 앞섰다. 나란 놈은 무엇 하려고 여기에 왔고 이 밤중에 떠들어대는 저들은 무엇인가 하고. 주사(술) 기운이 몸을 감싸는데도 으스스하기에 스웨터를 꺼내 입었다. 라면이 끓어대자 식욕이 생겼다. 처남은 너무 좋다며 앞으로 자주 다녔으면 좋겠단다.

"히히 다 좋은 거지. 여기 와서 끓여 먹는 우리도 좋고 밤새 떠드는 저들도 좋고."

우리가 가야 할 백운대를 쳐다보니 불빛이 보였다. 이쪽에서 랜턴으로 깜빡깜빡 하니 잠시 후에 그쪽에서도 응수를 한다. 우리 일행만 있는 것이 아니구나 하며 한바탕 웃었다.

라면을 다 먹고 커피를 마시면서 짐을 챙겼다. 문수사에서 나는 목탁 소리가 보현봉 쪽에 반사되어 메아리쳐 낭랑하게 들려 왔다. 스님께서 잠이 깨셨나, 시간은 3시였다. 보현봉에서 나는 목자들의 기도, 방언, 찬송가 소리보다는 문수사에서 두드리는 목탁 소리가 크면서도 훨씬 듣기가 좋았다.

대성문 성곽을 지나며 성북구쪽을 쳐다보니 신촌 쪽보다

가로등 불빛은 많았지만 너무나 무질서했다. 중간 중간 제2 한강교나 성산대교 불빛 같은 것이 있었으면 보기가 좋았을 텐데, 멀리 잠실 천호대교의 불빛이 보이기는 했지만 너무 멀었다.

우리가 사는 저 곳은 낮과 밤이 너무나 대조적이었다. 시끌시끌한 낮, 지금은 너무나 조용한 저 곳, 꺼덕꺼덕 능선을 올라 동장대를 지나니 날이 밝아옴이 눈에 느껴졌다.

보국문에 거의 다다랐을 때 검은 물체가 보이며 말소리가 들려 왔다. 우리처럼 밤길을 이동하는 꾼(?)들이었다. 서로 인사를 나누며 출발지를 물어 보니 그들은 우이동에서 12시에 출발하였다고 하며 백운대에서 우리의 불빛도 보았단다. 그들도 일행은 3명이었고 반가웠다. 앞으로 얼마 남지 않은 산행의 안전을 빌면서 그들은 우리가 오던 길을, 우리는 그들이 왔던 길을 향해 움직였다.

날이 좀더 훤해지자 새소리가 들려 왔다. 눅눅한 밤길을 걸은 우리에게 새로운 힘을 주는 듯 지저귀는 새소리에 우리 일행의 발걸음이 한결 가벼워졌다. 북한산장에 도착하니 여기 저기서 아침을 맞이하는 야영하는 사람들의 긴 기지개 소리가 났다. 정형의 수통에 다시 물을 가득 채우고 한 모금 마셨다. 오늘도 한낮이 되면 물 뜨기 위하여 줄서기가 시작되고 이곳 산장 주위는 시장 터가 무색할 정도로 시끄러워지겠지. 몇몇 학생이 백운대로 향하여 우리 일행 앞으로 지나갔다. 5시가 훨씬 지나자 먼동이 보일 듯 하기에 정형과 처남을 재촉하니 어차피 가야할 길 천천히 가잔다.

젠장 해뜨는 모습 좀 보면 얼마나 좋겠노. 위문 쪽으로 향하다 보니 지난번 산행에서 보지 못했던 줄사다리가 나왔는데 정형은 그 당시에도 있었다며 노인들 특유의 우격다짐이 나왔다. 설치한 것은 잘했는데 어딘가 끌끌했다. 하긴 위험성을 생각하면 더 좋은 것은 없지만. 위문에 도착할 무렵

처남이 힘들다고 한다. 조금만 더 가면 정상이라며 위쪽을 가리키고 있는데 한숨을 쉰다. 군대는 어찌 갔다 왔는지 쯧쯧. 정상에 도착했을 때 몇몇 사람이 있었다.

그 중에 나이 드신 아주머니 두분 중 한 분은 정상에서, 한 분은 정상 바로 밑에서 상을 차려 놓고 두 손을 비벼대며 주문을 외고 있었다. 바위라도 이동시키려나, 그것은 안중에도 없었지만 차린 상 위에 놓인 대추가 먹음직스러운 것이 목구멍에서 꼴까닥 소리를 만들었다.

해는 불암산과 수락산 위를 한참 지나 있어 그쪽을 쳐다볼 수 없을 정도로 눈이 부셨다. 어디서 나왔는지 다람쥐 할아버지(담비) 한 마리가 사람도 무섭지 않은지 바위 사이를 누비며 사람과 거리 간격을 4~5m까지 왔다갔다한다. 거기에다 다람쥐도 질세라 여기저기서 들락날락했다. 자연히 기분이 상쾌해졌다. 자연 속에서 자연스러운 인연이 있어 저들과 만났으니 이 얼마나 자연스럽고 좋은가!

백운대 바위 주위가 왜 지저분한가를 새삼 알게 됐다. 촛물자국 때문이었다. '꼭 이렇게 해야 기도가 되나?' 말하고 싶은 마음이 목구멍까지 간질간질하게 만들어 놓았지만 꾹꾹 마음을 눌렀다. 처남이 이제 어디로 가야 하느냐고 묻는다. 알면서도 묻는 것이 몹시 힘이 들었던 모양이다. 그래도 내 배낭을 자꾸 자기가 가지고 내려가겠단다. 옆에 보이는 저 바위는 무어냐고 물으며 올라가는 길이 없냐고 묻는다. 정형이 설명하시며 싱긋 웃으신다. 하긴 거미 인간 정도라면 말을 하지 않아도 되겠지. 지난 4월 저 바위를 마의 바위라 불렀던 사람과 오늘도 저 바위를 오르고 있는 사람과 비교해 본다면 좀더 상세히 알 수 있겠지. 자연에 도전하여 이기면 별것이 아니오, 지면 그때마다 명칭을 붙이는 것이 인간사가 아닐까?

백운산장에 도착하니 아침을 준비하는 꾼(?)이 많이 있었다. 게양기에는 노란 깃발이 게양되고 산장 주위는 소리의 공해로 물들어 갔다. 우리 일행도 서둘러 아침 식사를 끝내고 짐을 챙겼다. 산행하는 식구들이 점점 늘어남에 우물이 붐비기 시작했다. 기약도 없이 산장 간판을 다시 한 번 쳐다보며 배낭을 짊어졌다. 산장 쓰레기장은 너무나 지저분했고 파리의 서식처로 악명이 높을 정도였다. 버리고 가는 인생, 주워 모으는 사람, 그것을 치우고 가는 인간(?).

깔딱 고개에 도달하여 인수봉을 쳐다보니 몇몇장이가 벌써 중턱까지 올라가 있었다. 가파른 언덕길을 내려오자니 피곤함이 한층 더 어깨를 무겁게 하는 것 같고 자꾸만 하품이 나왔다. 도선사 입구(다리)에 도착하여 가겟집에 들어가 막걸리를 시켜 한잔씩 마시니 속은 든든했으나 갈 길이 막연했다. 코카콜라컵 4강이 궁금하여 남은 길을 서둘러 내려오다 보니 많은 사람들이 길을 메웠다. 길옆에 특이한 가게가 있구나 싶어 문의를 하니 술시음장이란다.

쾌재를 부르며 잔을 들었다. 40병 중 하나는 술맛이 워낙 좋다는 막소주집 주인 같으신 분의 말씀이다. 하긴 첫잔과 두 번째 잔의 차이는 모두 같으니까 마시다 보면 취할 것이고 취하면 술맛은 기가 막히게 좋을 텐데……마시긴 마셨지만 장소치고는 좋지 않다고 생각했다. 차라리 시내에서 퇴근 시간을 이용하여 이런 시음장이 생기면 나 같은 사람한테는 좋을 것을…….

"꿈에서 깨라."

입이 심심했다.

"무거운 짐 들고 산에 오르는 사람 없으신지요. 무엇이든 도와 드릴 터이니 저에게 오십쇼."

쳐다보는 사람은 많아도 답하는 사람은 없었다.

정형에게 다음 산행을 약속하며 아쉬운 마음을 악수로 나누며 버스에 올랐다. 자리에 앉으니 눈이 스스르 감긴다. 주니어 4강 중계는 들릴락말락 귀에서 맴돌더니 이내 소리도 들리지 않았다.

▲북한산 야간등행기. 1983년 조선일보 월간 산 8월호 독자 투고난에 게재되었던 글임.

계방산 구걸 산행

10m쯤 되는 높이의 벼랑 중턱에 서서 보조 자일을 늘어뜨려 놓고 일행들이 올라오는 모습을 쳐다보니 자신의 책임이 무거움을 느꼈다. 다섯명, 많을 땐 열 명씩 매달리는 통에 몸이 앞으로 넘어갈 듯한 마음이 들면서 잔인하게 줄을 놓고도 싶었다. 울어 버리고도 싶고(타 산악 회원까지 매달린 탓도 있지만).

지난 1월말 계방산에 갔을 때의 일이다. 많은 사람이 올라온 뒤 능선에 올라서니 눈이 허리 부분까지 쌓여 있었다. 간간이 흰눈 사이로 산죽의 푸른 잎을 보니 마음 속 깊은 곳에서 생기가 샘솟았다. 한동안 시간이 흐르자 시끌시끌 떠들어대던 말소리가 적어지고 이내 지친 모습들이 하나둘 나타나기 시작했다. 한차례 쉬었다가 일어나니 무엇이 그리 먹고 싶은지 먹는 이야기만 해댄다. 아침 일찍 출발한 탓도 있지만 이미 점심 시간을 지나고 있으니 배가 고프기도 할 것이다.

그러고 보니 나만 배낭을 메고 나선 것 같았다. 그나마 먹을 것이라곤 물 한 통뿐이었다. 아끼고 싶었다. 조금만 더 가자며 걷기 시작했다. 홍천 쪽에서 차갑고 매서운 바람이 불어 올 때마다 왼쪽뺨을 세차게 얻어맞는 기분이 들었다.

"힘내세요, 오분만 더 가면, 십분만 더 가면……."

격려의 말뿐이지 그곳에 가면 김이 모락모락 나는 시루떡이 있나, 달콤한 솜사탕이 있나, 정작 누가 돈주고 가라 한다면 아니 갈 산길을 짜증스럽게 투덜대며 걸어갔다. 배가 고파 오니 눈 위에 띄엄띄엄 떨어져 있는 노란 귤껍질이 유난히 탐스럽게 보였다.

"짐이요, 짐."

"죄송합니다. 비켜 주세요."

한참을 외치며 앞으로 나아가다 귤을 먹고 있는 사람을 만났다.

"아저씨 귤이 참 맛있겠어요."

나의 말에 겨우 하나 준다. 귤을 얻어 친구 아내에게 건네주었다. 장난기 섞인 미소가 번졌다. 오르면 오를수록 허기지고 다리가 아파 주저앉는 일행의 모습이 자주 나타났다. 불안한 마음으로 추월하기 시작했다.

두 번째 헬기장에 도착하니 낯익은 얼굴이 보였다. 노 양은 급히 배낭을 열더니 시중에서 1,500원 하는 빵을 한 개 꺼내었다. 내 손에 빵이 들린 것을 본 일행들이 여기 저기서 달려왔다. 그 중에서 아내의 모습은 더 크게 보였다.

모두의 눈은 내 얼굴보다는 빵든 손에 집중되었다. 안타까운 순간이다. 조금씩 떼어 주다가 더는 못 준다며 오던 길을 되돌아 뛰기 시작했다. 눈, 눈, 눈, 구경도 좋지만 힘겨웠다. 허들 경기 선수처럼 첫 번째 헬기장까지 뛰는 모습이 우스웠는지 올라오는 사람마다 마구 웃어댄다.

모두 초죽음 상태가 되었다. 얼마 되지도 않는 빵을 일행에게 나누어주고 염치 불구하고 올라오는 사람들에게 동냥질을 했다.

"아가씨 그 빵 예쁘다. 구경 좀 해요."

친구 아내들이 깔깔 웃는다.

"입자국이 있으면 어떻습니까."

너스레를 떨었지만 행동식을 준비하지 못한 자신이 원망스러웠다. 앞에 가는 아내에게 빵을 조금이라도 더 주고 올 걸 하는 생각이 들었다.

정상을 한달음에 올라갈 것 같은데도 선두는 산중턱에서 흐느적댄다. 길고 긴 행렬이 좁은 눈길에 늘어선 것이 꼭 개미들이 이동하는 모습 같았다. 잠시 산행을 시작하기 전 모습을 돌이켜 봤다.

"아주머니들께서는 아이들과 이승복 기념관을 관람하신 후 식사를 하세요. 우리는 산행을 마치고 올 테니."

"말도 안 되요. 우리도 가겠어요."

결국 아이들과 여자 두 명이 남기로 하고 일단은 모두 차에 올라타고 산허리를 굽이굽이 돌아 운두령에 도착했었다. 그때는 모두들 정상에 도착한 것처럼 마음이 들떠 시끄러웠다. 그 들떴던 사람들이 지금은 초죽음 직전에 있으니 얼마나 후회스러울까. 아이들까지 데려왔더라면, 생각만 해도 아찔했다. 정상이 가까워지자 먼저 도착한 일행들이 "의-싸, 의-싸" 하며 지친 사람들을 격려했다.

먼저 도착한 원태 형님이 먹을 것이 없냐고 물어 왔을 땐 가슴이 더욱더 아팠다. 일행이 모두 도착하자 기념 사

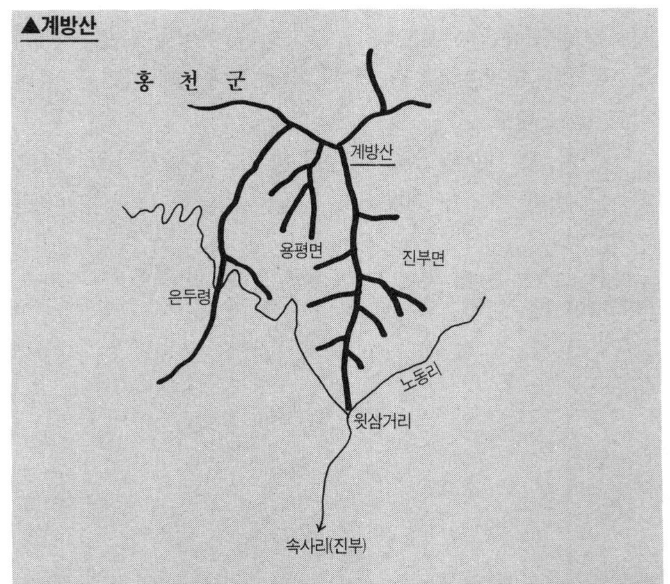

진을 찍는둥 마는둥 하산 길을 재촉했다. 정상에 도착했다는 만족감도 표시 못한 채…….

엉거주춤하며 선두가 지체하자 내가 시범을 보였다. 짧게는 5미터 길게는 20여 미터의 미끄러운 비탈길을 뒹구르다시피 미끄럼을 타고 내려오니 모두다 그 동안의 피로함을 잊어버린 듯 즐거운 표정들이었다. 배고픔도 잊어버린 일행에게 거짓말만 반복하니 미칠 지경이었다. 산길로 들어선지 어언 세 시간이 훨씬 지났다. 불평하는 소리가 너무 커서 귀에 거슬렸다. 이제 되돌아 갈 수도 없는 지점이고 오직 전진만이 이 산을 벗어나는 길이었다. 선두와 후미를 서너 번 반복하여 달리고 서며 인원 파악을 하고 나니 큰길이 눈앞에 펼쳐졌다.

잠시 쉬고 있는 타 산악 회원들에게 사정을 하였더니 과자 반봉지를 건네준다. 배낭 속에서 아끼고 아끼던 수통을 꺼내 들고 과자 하나에 적은 물이나마 한 모금씩 나누어주며 격려했다. 빨리 움직였으면 좋으련만 내리막길에서는 아내까지도 쩔쩔맨다. 시간은 벌써 오후 4시 30분.

등에서는 진땀만 난다. 뛰어가고 싶은 마음은 굴뚝같고 …… 아이들은 얼마나 배가 고파 지쳐 있을까. 걱정이 밑에서 쳐다보는 산봉우리 같았다. 평지에 도착하여 계곡 물도 마다하고 아래쪽 삼거리로 발걸음을 재촉했다. 멀리 귀여운 아이들의 모습들이 보였다. 고만고만한 아이들이 엄마 아빠를 부르며 달려온다. 울 엄마 어디 오냐, 왜 이리 늦었냐, 말도 많고 탓도 많다.

시간이 없다며 간단히 식사를 마치고 승차하기를 바랐지만 소주병만 빈배를 거머쥐고 눈밭을 뒹군다. 꼭 시장 한복판 같았다.

▲1989년 1월 29일 은행정 산우회 등반기. 조선일보 월간 산 4월호 독자 투고난에 게재되었던 글임.

원효봉 암릉 종주

흔히들 세계의 수도 가운데 북한산 같은 명산을 가지고 있는 나라는 우리 나라밖에 없다고 한다. 나 역시 자랑하기를 주저하지 않는다. 하지만 공해에 썩어 가는 북한산을 생각하면 측은할 때가 한두 번이 아니다. 문제는 산을 찾아 즐기는 우리 국민들에게도 있다고 본다.

지난 3월 10일 노동자의 날을 택하여 우리 아멕스 직원들과 원효능선을 따라 백운대를 거쳐 우이동까지 가기로 하고 구파발 전철역에서 만났다. 김진국, 최병주, 이부균, 홍진숙, 최승원, 조연미씨 외에 경험 있는 오영호 과장과 나 이렇게 8명이 한 팀을 이루어 행동하기로 했다.

지루한 도로를 올라 북한산성 대서문에 이르러 가겟집에서 수통에 물을 채우는데 주인 아주머니가

"물을 가져가는 대신 물건을 사가라."고 한다.

노골적인 소리가 못마땅해서 한마디 하려다가 참고 말았다. 이제 물 인심조차도 사나워지는 이 시대가 가슴 아팠다.

오래 전부터 공해에 시달려 온 폭포수 계곡을 지나 원효봉 능선에 올라섰더니 산불 예방 안내문이 있는데

"사전 허락을 득한 후 출입할 것, 그리고 무단 출입자는 법에 따라 처벌한다"는 내용이었다. 매표소 앞이나 올라오

는 도중에는 등산로를 폐쇄한다는 내용이나 안내가 없었다. 북한산은 어느 등산로를 가도 지금껏 신고 절차를 거쳐 등반한 적도 없고 들은 적도 없는지라 대수롭지 않게 지나갔다.

산성 줄기를 따라 원효암을 지날 때쯤, 옛 선조들께서 이 높은 곳에 돌성을 쌓았다는 사실을 외면한 채 우리는 희희낙락 주위에 펼쳐지는 아름다운 경관에 도취되었다.

원효봉에 올라서니 연로한 산림 감시 요원 한 분이 우리 일행을 불러 세웠다.

"오면서 팻말을 보지 않았느냐"고 묻기에

무조건 잘못했다고 용서를 빌었더니 한참 후에 정신적 고통에서 해방시켜 주었다. 고맙다는 인사와 동시에 북문까지 한달음에 내려갔다. 차라리 산밑에서나 제지할 것이지 산 위에서 이러면 무슨 소용이 있단 말인가.

염초봉으로 오르는 등산로에는 진달래 꽃잎처럼 붉은 옷차림의 등산객이 많이 보였다. 새삼 우리 나라는 등산 인구가 많음을 느꼈다. 북한산에서 두 번째로 어려운 이 길을 찾은 저 사람들이 누구인지 궁금도 하였다. 조금 오르다 보니 생각이 실망 쪽으로 바뀌었다. 30~40여 명이 줄지어 내려오며 "줄이 없으면 못 간다."며 누가 앞서 갔느냐고 입씨름을 하고 있었다. 그들 손에는 기타에다 녹음기까지 들려있었고 차림새는 계곡 옆에 앉아 "중턱 산행"이나 하기에 걸맞았다. 어설프게 조금더 조금더 하다가 오도가도 못하고 쩔쩔매게 된 이 경우 누구를 탓하랴. 올라간 당사자도 문제지만 국립공원 내에서 안내자는커녕 안내문도 배치하지 않은 관리공단측이 심히 야속했다.

사색이 다되어 내려오는 그들에게 상운사 쪽으로 하산할 것을 당부하고 내려가는 뒷모습을 바라보니 측은한 생각이 들었다. 염초봉을 지나면서 카멜레온처럼 순간 순간 얼굴색이 변하는 우리 일행을 쳐다볼 때는 나 역시 갈등이 심했다. 간담이 서늘해지는 길에서 여직원들의 천진난만한 웃음소리가 울려퍼졌다.

위험 등산로에 안내문도 없어 "베트콩굴" 갈림길에서 계획을 바꾸려다가 꼿꼿한 아집 때문에 강행하기로 하였다. 아직도 음지쪽에는 눈이 녹지 않은데다 젖은 흙을 바위 위에 묻혀 놓아 발이 미끄러워 섬뜻섬뜻 할 때가 많았다. 까마귀골 능선에 올라서니 저만치 백운대가 눈앞에 잡힐 듯했지만 모두가 주저앉는 모습이라 암담했다. 더구나 바위에 묻어 있는 흙은 발디딜 곳을 방해하였고 경사진 곳이라 더 어려웠다. 보조 자일을 걸기 위하여 앞서 있는 분에게 고정 하켄이 있느냐고 물어 보니, 없다고 한다. 왜 없는지 궁금해서 올라가 보니 어느 누구인가 완벽하게 잘라 버렸음을 알게 되었다.

천천히 한사람씩 조심스럽게 끌어 올렸다. 왼쪽으로 바위를 끼고 돌아가야 하는 부분에서는 한쪽이 낭떠러지라서 담력이 약한 사람은 오토바이 타듯이 덜덜 떨 수밖에 없었다. 슬링으로 안전벨트를 임시로 만들어 한사람씩 허리 사이즈를 재가며 카라비나로 보조 자일에 연결하여 위로 보냈다. 두려움과 재미가 반반인 마음을 이야기 할 때마다 모두들 즐거워했지만 틈틈이 바위 밑을 내려다 볼 때마다 나는 간이 콩알만해졌다. 경험이 없는 당사자들은 오죽했으랴, 위험성은 도처에 널려 있고 한발 한발 움직일 때마다 긴장하지 않으면 사고 날 위험이 크기 때문이었다.

평평한 곳에 올라선 다음 안도의 한숨과 함께 웃음소리가 커진 것도 잠시뿐, 밴드횡단(일명 개구멍) 직전, 직벽 7~8m 구간 앞에서는 에구구 하는 소리들이 절로 나왔다. 무려 네 시간 동안이나 계속된 긴장 속의 등반길이었으므로 지쳐 있을 것은 당연한 일이었다. 다시 한 번 정상이 눈앞에 있음을 상기시키면서 줄을 걸려고 하니, 이곳 역시 고정 하켄의 목이 잘려 있는 상태였다.

　나는 허리에 자일을 묶고 한사람씩 무게를 재어보듯이 내려보내며 줄이 가벼워 질 때마다 안도의 숨을 조용히 내쉬었다. 백운대 정상에는 언제나처럼 많은 사람들이 모여 있었다. 무질서하게 질러대는 야호! 소리에는 북한산이 또 다른 공해 속으로 침몰되어 가는 기분이었다.

　식사가 끝나고 주위의 쓰레기를 주워 모으니 우리가 가져온 것보다 두배가 많았다. 이미 날이 저물어서 오늘은 쓰레기 대신 주는 입장권은 받지 못할 것을 잘 알면서도 나는 쓰레기를 가져가도록 권했다. 깔딱 고개를 지나면서부터 쓰레기를 줍기 시작했는데, 우이산장 가까이 가니 비닐 봉지 다섯 개가 묵직했다.

　산장 주변이 너무 지저분한 데 대하여도 혀끝이 깔깔했다. 공원 관리 직원들은 퇴근을 했는지 아니면 사명감이 없는 탓인지 관리 사무실에는 아무도 보이지 않고 쉴 수 있는 의자 주위에는 산에서 가져온 쓰레기만 잔뜩 쌓여 있었다. 공단측은 애초 약속은 못 지키더라도 한사람 정도는 남아서 쓰레기를 한쪽으로 모아 두도록 유도했더라면 얼마나 좋았을까 하는 아쉬움이 내내 가시지 않았다.

▲1990년 조선일보 월간 산 5월호 독자 투고난에 게재되었던 글임.

초보자의 무모한 겨울 산행

　들뜬 연말에 성탄절까지 겹친 주말, 눈이 수북이 쌓여 있는 설악산에 안내 등반을 나섰다. 내설악 옥녀탕의 휴게소에 도착한 것은 90년 12월 23일 새벽 두 시였다. 두 대의 차량에서 우르르 내린 등반객들은 추위를 조금이라도 피하여 취사를 하느라 휴게소 주위가 몹시 혼잡스러웠다. 한 시간 반 가량 머물렀던 휴게소를 뒤에 두고 차량은 미끄러운 눈길 위를 달려 한계령에 올라섰다. 주자창에는 많은 눈이 쌓여 주차 장소가 마땅치 않아 도로 옆에 엉거주춤 차를 세우고 다시 한 번 주의사항을 방송한 다음 차에서 내려보니 숨이 콱 막혀왔다.

　내설악에서 외설악 오색지구로 부는 바람은 모두 한계령으로 넘어가는지 코 끝을 어지간히도 스치며 지나갔다. 인원이 다 내린 다음 얼른 차에 올라가 얼굴을 감싸고 복장을 다시 한 번 점검한 뒤 한계루로 올라갔다. 추워서 쩔쩔매며 우왕좌왕하는 사람들을 헤치고 길을 찾아 들어선 뒤 앞서간 팀의 발자국을 따라 천천히 오르기 시작했다. 30여분이 지나 고사목 지대에서 휴식을 취하며 등반 포기자가 있지 않을까 생각되어 찾아보니 6명이 나서기에 오색 주차장에서 정오까지 만나자고 약속을 하고 다시 산으로 오르기 시작했다. 눈보라를 몰고 불어오는 겨울 바람은 너무나 매서웠다. 허리를 구부리며 왼쪽 귀와 뺨을 감싸도 얼굴은 자꾸만 오른쪽으로 돌아가게 했다.

한 시간 정도 더 오른 후 앞서가는 한쌍의 일행을 보니 한 사람이 아무래도 정상적인 걸음이 아닌 것 같아 괜찮으냐고 물어보았다. 남자 쪽에서는 걱정하지 말라고 한다. 어두운 눈길 그것도 적설량은 무릎을 훨씬 넘는 상태다. 재차 생각해볼 것을 당부하였더니 짜증스럽게 대답한다.

선두가 걱정되어 부지런히 추월하며 걸었더니 몸에서 열이 나기 시작했다. 이마에 땀이 초롱초롱 맺힐 때까지 뛰다보니 도둑골 샘터 위에 도착하였다. 선두는 고갯길을 올라서고 있기에 그 자리에 멈추게 하고 모두 랜턴을 끄고 휴식을 취하도록 했다. 야간산행에 후레쉬 하나 안 가지고 온 사람은 무엇인지 은근히 속이 탄다. 꺼졌던 불빛이 하나 둘 켜지면서 멈춰 선 검은 점들이 서서히 움직이며 또 하나의 불꽃놀이가 시작되었다. 랜턴이 없는 사람들을 사이사이 끼게 하고 소속도 없이 뒤섞여 언덕 위로 오르게 시작했다.

KBS, 천일고속 등과 우리 팀까지 합하면 300여명이 넘을 듯했다. 각 팀 안내자는 소수만 남기고 모두 선두에 서니 모두가 말없이 합심하기로 했다. 서북 주능에 올라붙자 백담사 쪽에서 그동안 쉬었던 바람이 심하게 불어왔다. 교대로 눈을 헤쳐나가며 쉬어가며 열심히 걸었다. 간혹 심한 바람이 불어올 때는 허리를 굽히고 바람을 피하지 않으면 서 있기조차 불편할 정도였다. 눈은 사면(처마모양)을 이루어 허리까지 푹푹 빠져 점점 지쳐가는 상태였다.

오르락내리락 팀은 완전히 뒤죽박죽 되어버린 상태고 누가 누군지 모르게 눈을 헤쳐나가다 지치면 뒷사람이 교대로 선두로 나섰다. 서로 말은 하지 않아도 차례를 이루며 눈길을 만든다는 것이 퍽이나 다행스러웠다. 나 역시 힘들어 눈

위에 벌러덩 드러누워 휴식을 취하기 한두 번 쉴 때마다 빵
과 물로 배를 채우다가 술을 한 잔 마시니 찬바람조차 피로
를 몰고 가는 듯했다. 하나, 둘, 어둠 속에서 인원을 헤아리
다 선두를 따라잡기 위하여 뛰기 시작했다. 끝청 오름길부
터는 헉헉대는 내 숨소리에 모두가 의아스럽게 생각하는지
눈길을 나에게만 준다.

끝청에 올라서니 동해 일출이 시작되는지 성냥골만한 해
가 수평선 위로 산수유 열매처럼 빨갛게 떠오르고 있었다.
시간이 흐르는 소리인지 찰칵 찰칵 셔터 누르는 소리인지
한참 부산하더니 이내 야! 하고 감탄사가 연발한다. 모든 일
행이 지나가기를 기다렸다간 얼어죽을 것 같아 팔짝팔짝 제
자리에서 뛰다가 시계를 보니 오전 8시 40분이었다. 기다린
시간이 무려 한 시간이나 넘었다. 몇 번 더 큰소리로 출발
을 외치며 중청 쪽으로 뛰어가는데 앞에서 날 부르는 소리
가 들렸다.

중청 오름길에서(지금은 통제되어 있는 곳) 우측 중청산
장으로 가는 길가에 남자인지 여자인지 분간할 수 없는 사
람이 누워 있고 주위에는 여러 명이 둘러싸고 있었다. 등산
화, 스타킹, 청바지, 파카, 마스크, 털모자, 사람을 헤치고 쓰
러진 사람 앞에 앉아 급한 대로 눈꺼풀을 제쳐보니 동공이
풀린 상태로 온몸에 힘이 빠져 있었다. 마스크를 벗기니 곱
상한 외모를 한 여자였다. 급한 대로 숨쉬는 것을 확인하고
팔다리를 주물러야 한다니까 여기저기서 협조를 해주었다
(엉큼氏들이).

일행이 없느냐고 물어보니 남자 한 사람이 나섰다. 참말
로 안타까운 사람이었다. 도둑골 전에서 하산하라고 했을
때 하였으면 이런 일은 없었을 텐데 어찌 된 것이냐고 물어
보니 이곳 5m 전에서 쓰러지더란다. 뜨거운 물 찾고 청심환
찾고 슬링으로 멜빵을 만들어 업어보니 일어나기가 힘들고

눈길 옆으로 휘청거리며 자빠지니 어깨까지 눈에 묻혀 버렸다. 다시 꺼내 두 사람이 양어깨 걸이로 서둘러 중청산장으로 가기 시작했으나 욕심일 뿐 선두를 섰던 박영규 씨가 기차놀이 하듯 끌고 가니 자주 쓰러지고 업고 일어서면 옆으로 푹 빠져 나오기 힘들고 환자는 발을 완전히 움직이지 못했다. 좁은 길을 둘이 걷자니 한 사람은 완전히 눈 속에 파묻혀야 하는 실정이었다.

시간이 너무 지체되었고 그나마 환자는 머리까지 완전히 떨구어 버렸다. 억지로 업고서 일어서니 눈 앞이 아찔했다. 무겁긴 왜 그리 무거운지 휘청대며 어거지로 중청산장까지 갔으나 누구 하나 자리를 양보하지 않았다. 악을 써 가며 두세명이 밀치고 들어가려 해도 워낙 춥고 사람이 많아 좀처럼 산장 안으로 들어서기가 힘들었다. 신경질반 애원반 사정하며 겨우겨우 산장 안으로 들어섰으나 너무나 많은 인원 때문에 환자를 누이기는커녕 붙잡고 서서 휴식을 취할 방법밖에는 없었다.

급한 대로 당귀차, 컵라면 순서대로 시키고 얼굴을 받쳐 들고 강제로 당귀차를 먹여주니 의식이 조금 있는 듯했다. 축 늘어진 상태에서 겨우 입만 조금 벌리고 마시는둥 마는둥 했다. 화를 낼 수고 없고 울고 싶었다. 한참이나 얼래고 달래고 극성을 부리다보니 컵라면 국물을 반까지 마시는 폼이 죽지는 않을 것 같았다. 대청산장으로 일행을 급히 보내 자리를 부탁하게 하고 환자를 업고 일어섰다. 죽으면 어쩌란 말인가.

중청산장도 밉지만 그 안에 빽빽히 들어선 인간들도 미웠다. 개새끼들 소새끼들 욕을 해대며 산장을 나서니 그 많은 사람들이 떠들던 소리가 조용해졌다. 아무리 춥다고 하지만 환자를 도외시하는 꼬락서니가 보기 싫다며 당신들도 한 번 당해보라고 마구 지껄여대고는 어그적어그적 대청산장을 향하여 걷기 시작했다. 어쩔 수 없다는 듯 무관심한 중청산장 운영자가 너무도 괘씸했다. 장사에만 눈이 먼 자, 결코 좋은 일이 없을 거라며 떠들어대며 걷자니 나 자신도 불쌍하고 처량했다. 얼마나 산을 안다고 안내자가 되어 나섰단 말인가. 후회가 막심했다. 거기다 주위에 있는 등산객들도 남의 일이라 물끄러미 쳐다보기만 하는 꼴이란 가슴이 몹시 답답해졌다.

　처음엔 그런대로 몸을 지탱하며 걸었으나 시간이 흐르면서 언덕길에 올라 섰을 때에는 바람도 심하게 불기도 했지만 몸을 지탱하기가 어려워 몇 발 옮기다가는 쓰러지고 넘어지고 악을 써가며 일어나면 또 쓰러졌다. 위에서 받쳐주던 박명기 씨도 힘든 탓인지 쓰러지기는 마찬가지였다. 같이 온 남자는 어디로 갔는지 보이지도 않고 박명기 씨와 둘이서 악을 박박 써대며 대청을 넘어 산장에 도착했다. 울고 싶어도 눈물이 얼어붙었는지 나오지도 않았다. 엉금엉금 기다시피 미끄러져 뒹굴며 내려와 들어선 대청산장은 아래층은 꽉 찼고 그런대로 확보해 놓은 2층이 조금 여유가 있었다. 이곳 역시 아래층에서는 환자라고 악을 써대도 자리 하나 양보 해주지 않는 것을 보면 악이 오르는 정도가 아니라 악발이 섰다. 다시는 안내자가 되지 말아야지 나도 이담에 이런 일이 생기면 절대로 나서지 않는다고 굳게 굳게 마음먹었다.

　환자의 상태를 살펴보니 꼭 죽어가는 것처럼 이젠 눈조차 감고서 축 늘어져 버렸다. 등산화를 벗기고 양말을 갈아 신기고 마스크를 벗기고 뜨거운 물이라며 손에 쥐어주니 컵은 잡지도 못하고 손이 그대로 늘어져 버렸다. 눈동자는 동공이 더 확장되어 숨을 쉬나 안 쉬나 코 끝에다 귀를 대고 호흡상태를 확인했더니 숨은 쉬고 있었다. 일행들에게 팔다리를 주무르라 하고는 뜨거운 물만 조금씩 조금씩 먹여주며

보온을 한답시고 수건까지 동원하고 파카를 벗어 덮어주었다. 젖은 바지를 벗기고 갈아입혔으면 좋으련만 많은 사람들 앞에 용기가 나질 않았다.

환자가 눈을 뜨고 말귀를 알아듣기에 일행에 부탁하고 담에 등을 기대고 쉬자니 천정이 빙빙 돌면서 정신이 몽롱해졌다. 잠시 동안 정신을 가다듬고 환자 운반 지원자를 착출하고 나머지 사람들은 모두 하산하여 오후 3시까지만 기다려달라고 부탁했다. 지원자는 모두 8명으로 충분한 인원이었다.

환자와 같이 온 일행을 찾으니 보이질 않아 걱정이 되었다. 남자니까 오겠지 한 것이 잘못인지 도통 나타나질 않더니 찾아 나서려고 등산화를 신으려고 하니 흐느적대며 산장 안으로 들어섰다. 어어 하는 소리와 함께 침상으로 쓰러지는 것을 부축하여 누이면서 안경을 벗기고 모자를 벗기고 괜찮으냐고 물으니 고개만 끄덕일 뿐이었다. 왜 이제 왔냐고 하니까 자기도 지친 몸이라 이렇게 늦었다고 한다. 한심한 사람들, 중청에서 출발한지 두 시간이나 지났는데. 뜨거운 물을 얻어 먹이고서 소주를 세 병(거금을 들여) 사가지고 지원자와 함께 마시며 환자가 정신차리기를 기다렸다. 왜 사전에 강력히 제지를 못했을까 하는 생각이 분을 삭이기에는 너무 벅차 소주 한 병을 통째로 단숨에 삼켜버렸다. 앞으로가 걱정이었다.

오색 출발 시간을 오후 1시로 한 것을 3시로 연장한 것은 좋았는데 시간은 12시였다. 세 시간만에 오색에 도착할 가능성은 거의 없었다. 먼저 본인들 의사를 들어보기로 했다. 남자에게 물어보니 본인 생각은 지금 하산하고 싶다면서도 선뜻 결단을 내리지 못했다.

여자 환자가 중청에서 쓰러지고 깨어나는 데에 무려 4시간이나 소요되었다. 오전 10시경 쓰러져 옮기는 데 두 시간,

깨어나는 데 두 시간, 머리가 아프다는 말이 나오니까 모두
다 시선이 여자 환자에게 집중되었다. 아스피린을 건네주니
이것이 무엇인데 자기한테 주느냐고 하면서 손바닥 위에 올
려놓고 한참을 쳐다보고 또 물어보았다. 희망은 있었으나
무엇이 잘못됐나 싶어 상황을 설명하니 주위를 두리번거리
더니 울기 시작했다.

　나는 속으로 이제 살았구나 하고 쾌재를 부르며 우선 약
부터 먹기를 권했다. 울먹이며 약을 먹더니 일행을 찾았다.
아래층에 있는 남자를 불러 올려 대면시키고 상황을 설명하
고 오늘 하루를 이곳에서 쉬고 내일 하산하여 서울로 올라
오라고 당부하니 여자 역시 망설인다. 남자 쪽은 그런대로
산행 경력이 있다고 했지만 둘이서 내일 내려온다 해도 어
려울 것 같아 같이 하산을 하자고 하니 이 역시 대답이 없
었다. 남녀 두 사람 모두 우선 집으로 전화를 걸어 허락을
받도록 하고 직장은 집에서 연락하도록 유도해주고 대청산
장 주인에게 잠자리와 다음날 아침 8시 전에 하산시켜 주도
록 부탁드리고 여벌바지와 방한복을 남겨주고 2시가 되어서
야 지원자들과 서둘러 내려가기 시작했다.

　그 동안 울적하고 침울했던 마음을 떨쳐버린 탓일까 히프
스키며 눈 위로 미끄럼타며 내려가니 설악 폭까지 40분 정
도밖에 걸리지 않았고 앞서간 일행들이 하나 둘 보이기 시
작했다. 끝청 갈림길에 도착하니 일행 중 반수 이상이 휴식
을 취하고 있었다. 환자는 어찌됐냐며 고생이 많다고 격려
해주는데도 고맙다는 답례도 못하고 눈물만 방울방울 눈가
를 적셨다. 더욱이 오후 5시까지 기다렸다가 출발하려고 했
다는 말을 듣고는 고마움이 더했다.

　정상과는 달리 등산로는 따스한 햇빛을 받아 진흙탕을 이
루어 걷기가 몹시도 불편했다. 넘어지기만 하면 주위 사람
들은 웃고 넘어진 사람들은 울상이고 오색에 도착하니 3시

50분, 먼저 도착한 일행들이 아무 불평없이 기다려주었다. 오히려 고생했다며 막걸리 잔을 건네줄 때는 고마운 마음에 몸둘 바를 몰랐다.

5시가 다 되어 오색에서 출발하니 서울 도착할 시간은 알 수가 없고 그저 잘못했다며 다음 산행시 친절히 모시겠다고 용서를 바랄 뿐 달리 할 말이 없었다. 한계령에 오르니 어둑어둑해진 바깥 세상이 바람 속에 희미해졌다. 산에 있는 그들 중 한사람이 죽었다면 나는 어찌 됐을까 하는 생각에 멀어져가는 설악산을 자꾸만 뒤돌아보게 했다.

▲1990년 12월 26일.

태백에서 소백산 국망봉까지

1구간 1차(1991년 3월 3일)

사월! 이 달은 산을 좋아하는 동호인이라면 더욱 뜻있게 생각했으면 한다. 정부에서 지정한 고산 김정호의 달, 그 분이 제작한 대동여지도가 얼마나 귀중한 작품인지 다시 한 번 되새겨보길 바란다.

평소 무관심하던 내가 미흡하나마 백두대간에 대해 알 수 있었던 것은 소백산맥 종주의 반을 이루면서부터였다. 소백·월악·속리·덕유·지리산을 5개 구간으로 나누어 4월말까지 격주 단위로 등반을 실시하기로 하고 첫발을 디딘 것은 지난 3월 3일 새벽 5시 30분 태백산 백단사 입구에서였다. 삭풍이 몰아치는 어두운 새벽 헤드랜턴의 작은 불빛은 하얀 눈 위에 반사되어 더욱 차가운 빛을 띠우며 등산로를 밝혔다. 간간히 하품을 하며 만경사를 지나 태백산 한배검 앞에 선 것은 6시 45분, 평소보다 빠른 걸음으로 올라왔지만 짙은 안개 때문에 시야가 가리워져 방향 감각을 잃을 정도였다.

나도 모르게 엄숙한 분위기에 사로잡혀 잠시 성호를 긋고 두 손을 모아 이번 산행의 무사고와 통일 기원을 한 다음, 맨 뒤에 올라오는 일행을 앞세우고 오늘의 종착지인 도래기

재로 발걸음을 재촉했다. 무릎까지 빠지던 눈이 갈수록 허리 부위까지 빠지면서 걸음걸이가 둔해지고 몇 발자국 옮겨놓고는 쓰러지기가 허다했다. 처음에는 평소 느끼지 못했던 점도 있었겠지만 마냥 즐거워하던 일행들은 점차 추위와 짙은 안개 그리고 많이 쌓인 눈 때문에 주눅이 들었는지 선두를 따라 잡을 때까지 별로 말이 없었다. 넘어지고 쓰러지고 눈 위를 설설 기어가다시피 걷고 있었다. 처음 시작부터 3시간이 지난 다음 쉬는 시간을 갖자 모두 간식과 물을 마시며 담소를 나누고 있었지만 할 만하다는 말보다는 생각보다 힘이 든다는 의견이 지배적이었다.

다시 행군은 시작됐지만 태백산부터 고도계 눈금은 천 이하로 내려갈 줄을 모르고 천에서 천사백 사이를 무수히 오르내렸다. 10시쯤 되니 이름 모를 산봉우리가 하나 둘씩 안개 사이로 살짝살짝 얼굴을 내밀더니, 이내 태백의 웅장함과 위엄있는 모습이 드러났다. 나의 가슴은 감동에 쿵쿵거리기 시작했다. 수년 동안 산을 오르내렸지만 지금껏 느끼지 못했던 산의 위엄에 그만 기가 죽어 버렸다.

아무리 둘러보아도 첩첩 산중이고 보이는 것은 하얀 눈으로 덮인 태백의 옷자락뿐이었다. 이곳을 벗어나려면 최소한 7~8시간은 걸려야 될 것 같은 마음이 앞서자 눈앞이 아득해지는 것 같았다. 산능선을 북쪽으로 깊이 돌아서 1,300고지에 올라섰을 때 시간은 오후 2시였다. 지금까지 걸어온 길을 뒤돌아보니 태백산은 손에 잡힐 듯했지만 지나온 길은 너무나도 멀고 길었다.

모두 지친 모습이었지만 선두는 하얀 능선길을 흐느적대며 고직령으로 가고 있었다. 쉬기보다는 눕고 싶었고 둘러멘 작은 배낭도 벗어버리고 싶은 심정은 나만이 아닌 것 같았다. 고직령 1km 전부터는 산판길이 나 있어 걷기가 편했으나 뒤따라오는 일행들의 모습이 보이지 않아 걱정스러웠

다. 가다말고 돌아보고 불러도 보았지만 고직령에 도착할
무렵에야 1,300고지 중턱에 까만 점들이 하나둘씩 눈 위에
멈추더니 움직일 생각을 하지도 않았다.

　선두에 가시던 이 선배님께서 오늘 등반은 고직령에서 마
치자고 말씀하시기에 뒤에 따라오는 인원을 인계한 다음 봉
화군 춘양면 애당국교로 힘없는 발걸음을 재촉하였다. 애당
국교에 도착하니 오후 5시 40분이었다. 시간과 체력이 좀더
있었더라면 구룡산-도래기재를 마칠 수 있었을 걸! 아쉬운
마음을 달래며 차에 올랐다.

1구간 2차(1991년 3월 17일)

　새벽 5시 30분. 밤새 달려온 버스를 도래기재 공사장 앞
에서 회차시켜 보내고 82명이 어두운 밤길을 걷기 시작했
다. 1차에서 고생을 많이 한 탓인지 참석 인원이 ⅓가량 줄
어들었다. 고개를 넘자마자 좌측 능선에 올라서니 아직도
눈은 만만치 않게 쌓여 있었다. 차 안에서 백두대간에 대한
논란으로 선달산→어래산→의풍은 제외시키고 정확한 백두
대간을 등반키로 함에 선달산→늦은목이→966고지로 정하였
다. 이로 인하여 거금(?)을 들여 대동여지도를 준비하였다.
옥돌봉 정상에 서니 봉우리 아래로 안개가 끼기 시작했다.
우리가 걸어온 태백산과 차후에 실시키로 한 구룡산이 보였
다. 오늘 완주해야 할 선달산과 봉황산이 보이고 그 뒤로
국망봉과 비로봉이 하얀 모자를 쓰고 어서 오라는 듯 애교
스럽게 보였다. 좌측으로 내려가다가 서쪽 방향으로 내려서
니 잡목숲과 안개로 길을 찾기가 쉽지 않았다. 대략 15분
정도 내려온 길을 되돌아 능선으로 올라가고 몇 사람이 남
아 잡목숲을 이리 저리 헤치고 길을 찾다가 20여분이 지난
다음에야 하얀천(의료용 밴드)을 나무에 감아 놓은 것이 발
견되고 등산길이 나타났다.

뒤에서는 환호성과 함께 앞서거니 뒤서거니 따라오기가 바빴고 고도계는 계속 곤두박질하여 금세 800m까지 내려갔다. 박달령에 도착하니 오전 9시였다. 휴식시간을 갖기로 하고 박달령 신을 모신 당집을 구경한 다음 맨뒤에 온 사람을 앞세우고 눈길을 다시 밟기 시작했다. 지도에는 박달령이 점선으로 표기되어 있지만 지금은 소형 버스가 물야면에서 하동면으로 넘나들 수 있게끔 비포장 도로로 되어 있었다.

1,060고지에 올라서니 선달산이 가까이 보였다. 등산에는 우리보다 훨씬 오래 전에 백두대간을 등반한 팀들의 표식기가 바람에 팔랑거렸으며 이를 만날 때마다 무척이나 반가웠다. 나는 뜻이 부족하니 선뜻 나서지 못했지만 이들은 얼마나 용기있고 큰 뜻을 이루었나 싶은 것이 부러움을 가지게 했다. 지긋지긋하게 눈길을 오르락내리락 하더니 선달산에 올라섰다. 간판인 줄 알았던 것이 산림보호 감시초소였는데 5m이상 높이 세워져 있어 바람에 쓰러지지나 않을까 걱정되었다.

오전 12시 20분경 늦은목이로 향하니 그동안 지겹게 내리던 눈은 조금씩 줄어 걷기가 조금 편해졌다. 봉황산 도착 바로 전 800고지에서 다음 3차 지역을 살펴본 다음 단숨에 봉황산을 거쳐 부석사에 도착하니 14시 10분이었다. 역사가 깊은 관광지답지 않게 손님이 없어 쓸쓸한 경내를 대충 관람한 다음 주차장에 도착하니 20여 명이 먼저 도착하여 식사를 하고 있었다. 산을 마라톤했나?

1구간 3차(1991년 3월 31일)

밤새 달려온 버스는 새벽 2시 30분 부석사 주차장에 도착하여 4시 30분에 아침식사를 마치고 등반을 시작했다. 부지런히 부석사로 올라가 산죽 사이를 헤치고 봉황산을 걸어가며 떠들어대고 늑장부리던 사람들을 기다리다 따라오겠지

하고 966고지에 도착하여 선두와 만나서 인원점검을 한 뒤 선두를 출발시켰다.

봄이 다가오는지 고지가 낮은 탓인지 겨울 기분은 전혀 느낄 수가 없었다. 오전 7시 30분, 깔끔히 포장된 마구령을 건너가 30여분을 기다려 쫓아오는 인원과 함께 마아산 (1,096m)으로 올라갔다. 미구치로 가는 능선은 800에서 급히 700으로 내려가더니 등반로가 잡목에 가리워져 이를 헤치고 가자니 양볼은 매를 맞는 것처럼 따끔거렸다. 미구치를 지나 11시경 877고지 묘 주위에서 인원점검을 하니 아직도 10여명이 뒤따라오기에 여유가 있다 싶어 모두 보내고 둘이 남아 초봄의 따스한 햇빛을 받으며 길게 드러누웠다가 깜빡 잠이 들어버렸다. 잠을 깨보니 무려 한시간 정도 낮잠을 즐긴 것이었다. 옆에서 잠든 이평쇄 씨를 깨우고 고치령 쪽으로 가며 뒤에 일행이 있을까 싶어 불러 보았으나 목만 아팠다.

900고지에서 6명의 일행을 만나서 물어보니 나이 드신 두 분이 아직 오지 않고 있다기에 기다렸으나 좀처럼 모습이 나타나지 않아 앞서간 발자국을 따라 걸었다. 아무래도 길을 잘못 들어섰다는 생각이 들어 지도를 펴고 확인하니 고치령으로 가는 길이 아니라 조재기 마을로 가는 계곡으로 내려선 것이었다. 시간상으로는 고치령에 도착하였을 시간이기에 계곡을 따라 가기로 했다. 발자국마저 없어지고 낙엽만 수북이 쌓인 곳에서 지도를 다시 한 번 살펴보기로 했다. 정 선생님께서는 자꾸만 능선으로 올라가 길을 찾자고 하시기에 안정시켜 드리고 반강제로 6명의 일행을 끌고 계곡을 빠져 나와 길을 찾고는 먼저 조재기 마을을 거쳐 좌석분교로 가니 이 선배님과 함께 두 사람이 차를 타고 고치령으로 갔다고 한다. 맨뒤에 따라 오던 두 분은 미구치에서 부석중학교까지 내려가 다시 좌석분교까지 올라오셨다고 한다. 무전기로 이 선배님과 교신 후 점심도 먹지 못한 채 차에 오르니 오후 3시였다.

1구간 4차(1991년 4월 14일)

밤새 뒷좌석에서 술을 먹고 토한 사람 때문에 차내에 구렁내가 진동한 탓으로 잠을 설치다가 좌석분교에 도착한 것은 새벽 3시였다. 식사 후 새벽 4시에 출발하기로 하고 식사준비를 하는데 얼마나 떠들어대는지 세거리 마을 사람들에게 미안하여 어쩔 줄 몰랐다. 조용한 새벽 난데없는 이방인들이 버스를 3대씩이나 들이대고 떠들어대니 이 지방 개들도 양반은 아닌지라 출발할 때까지 한없이 짖어댔다. 산사람들이 기본 양심을 저버리고 있다니 하는 생각에 혀가 근질근질했다. 몇몇 사람은 마을에서 1.5톤 타이탄을 대절하여 고치령으로 먼저 출발하고 나는 비포장 고갯길을 굽이굽이 한참이나 돌아 780m 높이의 고치령에 도착하니 05시 10분이었다. 작은 집이 한 채 있기에 휴게소인가 하고 불빛을 비추어보니 고개를 지켜주는 신을 모시는 당집이었다.

인원파악을 마친 다음(128명) 좌측 능선으로 올라 1,032고지에 도착하니 먼동이 훤하게 밝아오고 있었다. 형제봉 쪽으로 가는 길을 버리고 남쪽 1,020고지를 지나 넓은 집터와 방화선보다 큰 길을 만났다.

지난 과거의 역사가 어찌됐는지 알 수 없지만 현재 지도상 잘못되어 있는 부분을 꼬집고 싶었다. 백두대간 아니 소백산맥이라고 하자. 동서의 물줄기를 갈라놓을 수 있는 것을 말할 수 있는데, 산맥표기는 완전히 잘못되어 있었다. 현재 중앙지리원에서 판매하고 있는 1/25,000지도에는 형제봉 쪽으로 소백산맥이 표기되어 있는데, 이는 어래산·망대산 사이에 의풍-하동면 곡골 사이로 남대천이 흐름을 알 수가 있다. 이는 분명 잘못 표기되었다고 볼 수 있으며 산맥을

제대로 이어간다면 선달산→늦은목이→966고지→마아산→고
치령→1,032고지로 이어져야 하고 형제봉은 소백산맥을 벗
어난 부분으로 봐야 하는 것이 마땅하다.

　잡목으로 무성한 마당치를 지나니 새벽 6시다. 1,031고지
에서 우측으로 30여분 선두를 따라 급경사 길로 내려가기가
아무래도 이상하여 지도를 펴고 나침반을 꺼내보니 엉뚱한
곳에 와 있는지라 뒤로 선두를 돌려 세우니 모두 안내자에
게 항의 소리가 이만저만이 아니었다.

　제대로 길을 찾아 들어서니 이정표가 나타났다. 역시 국
립공원이라 다른 점이 있구나 싶었지만 중간중간의 이정표
는 제대로 된 것이 없었다. 상월봉은 지나지도 않았는데 지
났다고 한 것이 없나, 그나마 세워놓지도 않고 방치한 것을
보니 관리측면에 문제가 있다고 본다.

　상월봉을 지나 국망봉 쪽으로 가다보니 그 동안 시야를
가렸던 안개가 조금씩 걷히고 국망봉에 올라서니 시야가 넓
어지고 쾌청한 날씨가 되어 비로봉에 올라서 있는 사람들의
모습이 잘 보였다. 따스한 햇볕을 쬐며 간식 겸 식사를 마
치고 뒤에 오는 일행을 기다렸다. 무려 두 시간이 되어서야
꽁지가 보였다. 11시경 종착지인 배점초등학교로 부지런히
걸어가며 봉바위를 지나갈 때 나이드신 분들을 격려하고 차
량을 초암사까지 오도록 하겠다며 경사길을 따라 초암사에
도착했다. 버스는 올라올 수 없는 곳이라 타이탄으로 인원
을 수송키로 했지만 혼자 죽계구곡을 감상하며 배점초등학
교에 도착하니 시간은 13시 30분이었으나 일행들은 아직 도
착하지 않았다.

두류산에서 치른 땅벌과의 싸움

　8월29일. 계곡과 산이 아름답다는 강원도 화천군 사내면 사창리에 있는 두류산을 찾아갔다. 대형 버스에 걸맞지 않게 인원은 14명뿐이었고 이동 막걸리 맛에 흔들리고 꾸불꾸불한 도로에 취하며 광덕재를 넘어갔다. 사창리에서 김화 방향으로 최근 새로 포장된 도로에 들어서자 곧바로 등산로 입구인 교통 안내소가 나타났다.

　다리를 건너 산길로 들어서자 습하고 더운 날씨 탓인지 잠시 쉬기만 하면 모기의 기습 공격을 받아야 했다. 30분 정도 경사진 길을 오르다 보니 세 사람이 본능적으로 하산을 했다.

　그 후 얼마간 가쁜 숨을 몰아쉬며 힘겹게 올라가고 있는데 날카로운 여자 목소리와 뒤이어 우는 소리가 들렸다. 깜짝 놀랐다. 일행인 미스 강은 왜 그러느냐고 묻는 말에는 대답도 없이 울기만 했다. 이 때문에 주위에 있던 분들이 몹시 당황했다. 원인은 땅벌, 다행히 선두에 가던 분이 물파스를 가지고 있어 이를 받아 가지고 뒤돌아 가보니 두군데나 쏘였다. 한쪽은 아직도 벌침이 살에 박혀 있는 상태로 부어 오르고 있었다. 파스를 발라 주며 진정하라고 했지만 울기만 하는 모습이 애처로웠다. 어린아이 달래듯 토닥거리며 920m 헬기장에 올라서니 조망이 너무 좋았다.

그러나 더운 날씨가 일행을 그늘 속으로 몰아 넣었다. 간식을 먹어 가며 기념 촬영을 한 후 정상을 향하여 발길을 옮겼다. 두 개의 작은 봉우리를 넘어가자 앞서가던 미스 강의 외마디 소리가 들려 왔다. 반사적으로 뛰어가게 됐다. 길 가운데 앉아 있는 미스 강의 모습은 벌통 앞에서 윙윙거리며 날아다니는 벌을 구경하는 것처럼 보였지만 그녀의 바로 발 아래 주먹만한 구멍에서는 연통에서 처음 피어 오르는 연기처럼 땅벌들이 날아오르고 있었다.

땅벌에 쏘이고 옻도 오르고 순간적으로 앞으로 뛰라고 어깨를 쳐주고 20m 정도를 뒤돌아 뛰었지만 쫓아오는 벌들의 공격을 어떻게 피할 수가 없었다. 따갑다는 소리를 목청껏 질러 대며 온몸을 보호한답시고 팔을 휘저어 대는 모습은

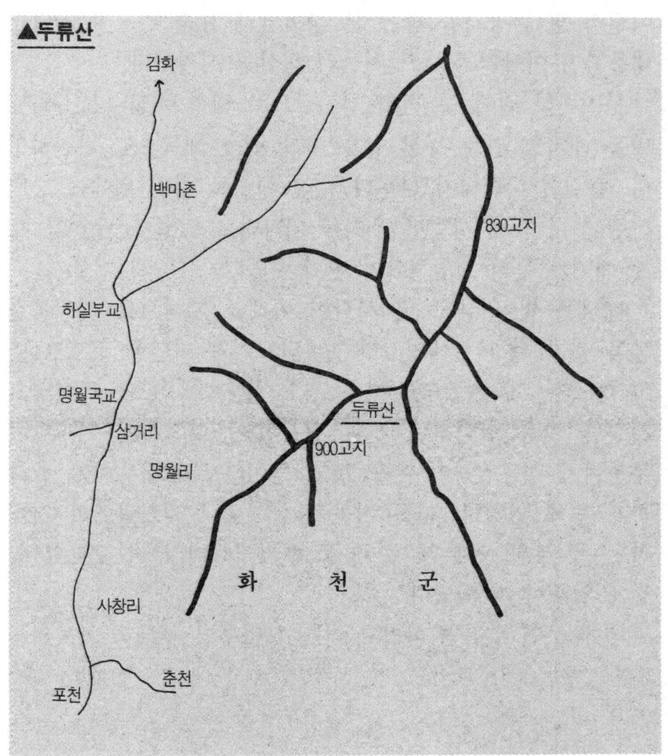

뒤따라오던 일행에겐 멋진 춤사위를 연출하는 모습이었으리라.

오승규 대리의 가만히 앉아 있으라는 소리에 다리를 감싸고 급히 담배를 피워 대며 벌이 피해 주기를 기다렸다.

벌에 쏘인 부분이 아픈 것은 다음이고 피부가 약한 부분에는 구석구석 두드러기 현상이 일어나 가렵고 얼룩얼룩 한 것이 볼썽 사나웠다. 실로 오랜만에 땅벌(땡비)에게 쫓기며 쏘이는 맛이란 어찌 표현할까. 얼마간 시간이 지나자 쏘인 부분이 부어 오르며 아파 오는데, 그 맛이란 혈청 주사를 맞을 때의 뻐근함과 비교도 안 되었다. 어디를 얼마나 쏘였나 확인해 보니 무려 열 군데나 쏘였다. 쏘인 부분을 만져도 보고 다른 사람은 쏘이지 않았는지 알아보니 내가 제일 많이 쏘였고 그 다음이 미스 강, 배과장 순이었다. 서로들 어릴적 벌에 공격을 받아 본 경험담과 요즘 벌침이 좋다는 내용까지 이야기 하다가 서둘러 하산을 시작했다.

부지런히 걸어 두 번째 헬기장으로 해서 키를 넘는 억새밭을 헤치고 왼쪽 능선 길을 따라 백마 계곡으로 하산하였다. 큰길이 나타나자 나무다리 옆 평평한 바위 위에는 중턱 산행을 마친 세 사람이 우리를 기다리고 있었다. 우리를 보자 여기가 무척 시원하다며 반겨 주었다.

배낭을 벗어 놓고 몇 사람이 아래쪽 계곡으로 지저분한 몸을 씻기 위하여 내려갔다. 발 담그기가 미안할 정도로 맑고 깨끗한 계곡이었다. 대충 씻고 물 속에 발을 집어넣고 시원한 맛을 만끽하던 것도 잠시였다. 이상하게 겨드랑이 부분이 근질근질하여 옷을 벗고 들여다보니 몸뚱이가 흉측하게 변해 있었다. 이곳 저곳을 살펴보니 겨드랑이며 시계 찬 손목 부위, 목부위, 눈 양쪽 언저리까지 부어 오르고 벌겋게 얼룩이 져 있었다.

벌에 쏘인 부위는 아리고 아프고 얼룩진 부분은 가려워서 미칠 지경이었다. 옻이 오른 것은 벌집을 피하여 우회할 적에 나무를 건드렸기 때문이었다. 남들은 몸에 좋다며 옻닭을 먹어도 아무렇지도 않던데 옻나무 옆을 지나갔다고 옻이 올라 버렸으니……

그 덕분에 계곡물 속에 염치불구하고 온몸을 담글 수 있었다. 어느 정도 몸이 차가워졌을 때 물 속에서 나와 시원한 바람이 불어오는 계곡 바위 위에 올라서니 추워서 오랫동안 앉아 있을 수가 없었다. 나무다리 위에서 사진을 찍고 차를 타기 위하여 하산을 하다가 약초꾼을 만났다. 그에게 옻이 오른 부위를 보여주며 치료 방법을 물어 보니 너무 걱정하지 말라며 술을 마셔도 된다고 하시며 우리가 따온 버섯은 전부 먹지 못하는 버섯이니 버리라고 했다.

서울로 올라오는 차내에서는 가렵고 아픈 것도 잊어버린 채 막걸리를 마셔 가며 두류산의 땅벌 이야기로 웃음꽃을 피웠다.

▲1992년 10월 조선일보 월간 산 독자페이지에 게재되었던 글임.

꼴불견 산행

　산에 오른다는 것은 참으로 어렵고 힘이 들지만 정상에 올라서면 즐겁고 흥겹다. 허나 정상에 서서 조금만 아래 쪽을 내려다보면 함부로 버린 쓰레기로 더럽혀진 산의 모습을 볼 수 있을 것이다. 맑은 기분을 느낄 틈도 없이 다가오는 불쾌감과 실망스런 마음은 산을 오르는 사람이라면 한 번쯤 느껴보았을 것이다. 누구 한 사람의 문제는 분명히 아닐 것이다. 그러나 산이 좋아 산을 오르는 사람들만이라도 깨끗한 산 만들기에 노력했으면 하는 마음에서 몇 가지를 지적해보고자 한다.

　일부 개개인이 모여 단체를 이룬 팀과 산행을 하다보면 여러 가지 꼴불견의 행태를 볼 수가 있다. 힘들게 정상에 올라서고 나서도 후회될 때가 많다. 다시 찾아 와야지 하는 마음이 들 때도 있지만, 눈에 보이는 잘못된 사항을 한가지도 뚜렷하게 시정하지 못하고 다닐 때에는 왜 산에 다니고 있는지 부끄러울 때도 있다.

　산행을 하면서 꼴불견의 행동을 하는 사람들의 예를 들어보겠다. 지금도 산행을 즐겨하고 앞으로 산을 오르고 싶은 사람이 있다면 다음과 같은 예의 행동은 절대 하지 말아야 할 것이다.

산행 약속을 하고서 사전 연락도 없이 나타나지 않는 사람은 그야말로 여러 사람에게 피해를 준다는 사실을 알아야 한다. 자리도 부족한데 큰 배낭을 버스 안으로 가지고 타는 얌체족이 있는가 하면, 버스 안에서 자리를 멋대로 바꾸어 앉는 사람도 있다. 차내에서 담배를 피우려는 몰상식한 사람도 있고, 냄새가 심하게 나는 음식을 먹는 사람, 출발할 때부터 술을 많이 마시는 주정뱅이, 휴게소에서 무단이탈하여 출발을 지연시키는 사람들도 있다. 국물 있는 음식이나 커피, 음료, 술 따위를 차내에서 질질 흘리는 사람, 쓰레기를 빈봉지에 모으지 않고 바닥에 버리는 사람들은 또 얼마나 많은지…… 연인끼리 와서 옆에 앉아 있는 사람을 의식하지도 않고 뽀뽀하거나 더듬어대는 철면피 스타일이 있는가 하면 취사 장소에서 충분한 시간을 주어도 뭉기적대는 굼벵이 같은 사람들도 있다. 기초 장비도 없이 장거리 산행에 따라 나서는 대책없는 사람도 있고, 빈 깡통, 과자봉지, 담배꽁초를 등산로 주위에 아무렇게나 버리는 그야말로 쓰레기 같은 사람들도 흔히 볼 수 있다. 악천우인데도 굳이 산행을 하겠다고 박박 우겨대는 골치덩어리나 먼저 산행이 끝났다고 출발을 서두르는 의리 없는 사람도 함께 산행을 해서는 안 될 사람들이다. 도대체 어떤 사람들이 이런 추태를 부릴까 의아해 하겠지만 많은 사람들이 이런 행태를 서슴없이 저지르고 있다.

가까운 북한산 국립공원을 보자. 요즘 같은 겨울로 가는 계절에는 인수봉 숨은 벽 뒤나 비봉과 보현봉 사이 계곡에서 춥다고 불을 피우는 사람들이 있다. 이들은 단골 멤버로 산행도 오래하고 북한산 국립공원을 손바닥처럼 알고 있는 잡쓰레기들이라고 본다. 관광버스 내의 추태는 또 어떤가. 버스 안에서의 가라오케는 어쩔 수 없다 하더라도 아직도 일부 몰지각한 사람들의 눈꼴 사나운 모습이 눈에 띄는데 시셋말로 달리는 디스코텍을 아시는지. 지난 6월 말경 지리산을 다녀오다 중부고속도로 상에서 보았는데 예비군 수송협회 황색번호판을 가진 버스는 완전히 이동하는 디스코텍이었다. 번쩍번쩍 하는 요란한 불빛 속에서 춤을 추어대는 사람들, 버스는 꽁무니가 위아래로 들썩들썩거렸고 차안에 있는 일부 사람들은 또 무슨 자랑거리라고 옆에 지나가는 차에다 V자를 그려대는 모습이란 참말로 가관이었다. 구경 삼아 옆으로 뒤로 따라다녀 보았지만 에고에고 우리 나라 놀이문화가 요것밖에 안되나 싶은 것이 안쓰럽기까지 했다.

　며칠 전 모 방송국 굿모닝팝스라는 프로그램에서 들은 바로는 하와이에서는 어린아이가 차내에서 아이스크림을 먹어도 벌금형이라고 한다. 우리 나라의 현 실정이 일순간에 그렇게까지 바뀌지는 않더라도 적어도 우리 자신을 부끄럽게 만드는 행동만은 이제 그만 자제했으면 하는 마음이 간절하다. 남이 하니까 나도 한다는 식의 생각은 국민 전체의 수준을 낮추는 일이라는 것을 명심해야 할 것이다. 세계화라는 말은 이제 먼 훗날의 일이 아니다. 많은 외국인들이 우리 나라를 찾고 있고 바로 우리의 모습을 가슴에 담고 자신들의 나라로 돌아간다. 우리의 아름답고 깨끗한 자연의 모습을 보여주지는 못할망정 자연을 파괴하는 사람들의 몰상식한 면만을 보여준다면 어찌 되겠는가!

　주말이 되면 산에 가야지 하는 벅찬 마음이 생기는 반면 산을 오가며 겪게 될 지저분한 모습 때문에 망설여지기도 한다. 나의 작은 소망이라면 정상에 올라서서 이번 산행은 참 뿌듯했구나 라는 생각을 할 수 있었으면 하는 것이다.

신조판 1쇄 인쇄 · 1998년 7월 1일

신조판 1쇄 발행 · 1998년 7월 7일

지은이 · 장현섭

발행인 · 박대용

발행처 · 도서출판 징검다리

주소 · 서울 마포구 합정동 426 - 1, 301호

전화 · (02) 3143 - 1966, 332 - 3880

팩스 · (02) 3143 - 2757

출판등록 · 1994년 4월 19일 제10 - 969호

ISBN 89 - 88246 - 00 - 4 03810

값 5,000원

❖ 잘못된 책은 바꾸어 드립니다.